Brigitte Sandberg

**Tony**

© 2022 Brigitte Sandberg
Couverture et peinture Brigitte Sandberg

Édition : BoD – Books on Demand,
12/14 rond-point des Champs-Élysées,
75008 Paris

Impression : BoD - Books on Demand,
Norderstedt, Allemagne

ISBN: 978 23 22 39 8201

Dépôt légal : Mars 2022

**Tony**

Titre allemand
« Antoine und seine Geschwister »
Publié en 2019

**Les chapitres**

09 George
21 Tony
29 Marie-Louise
29 Marie-Louise et sa mère
29 Marie-Louise
40 Flore
46 Marie-Louise
48 Philippe
51 Tony
54 Mireille

63 Le journal de Mireille
   à propos de sa peinture,
   de son amant Pierre
   de son frère Philippe
   de ses voix
   ainsi que ses 10 hallucinations :

1 Petite fille en pleurs / 2 Frida Kahlo aux cheveux courts et en pantalon homme / 3 Frida

Kahlo avec corset et sous-vêtement blanc / 4
Vieille sorcière à la pomme empoisonnée / 5
Femme aux roses rouges / 6 La transformation
en chèvre / 7 Pierre en figure en carton et en
double gourou / 8 Dalaï Lama / 9 vieille femme
Désespérée / 10 Le cycle de la vie et de la mort

110 Tony et le journal de Mireille
115 Juliette
122 Le père biologique de Tony
125 Tony et le chemin de fer
126 Monique
128 Anna
131 Monique

138 Les personnages
140 D'autres livres français de l'autrice
141 À propos de l'écrivaine

« Mais le fils ne reconnaît pas sa mère,
Le petit-fils se détourne en pleurant,
Et les têtes s'inclinent plus bas
La lune oscille comme un balancier,
Eh bien, voilà quel silence s'abat,
Aujourd'hui sur Paris occupée"

Anna Akhmatova

(Le Monde Dossier 13.12.19)

Aujourd'hui, 2022,
80 ans après l'occupation de Paris
Par l'Allemagne,
C'est l'Ukraine
Qui est envahie par l'agresseur russe
Parce que
L'Ukraine
Voudrait s'orienter vers l'ouest
Vers la démocratie.
Déjà plus de 3 millions d'Ukrainiens ont fui
La guerre sanglante, meurtrière
Ont fui les bombes,

La destruction, la mort.
Mais plus de 40 millions de personnes
Sont toujours là
En danger de mort.

Aujourd'hui
C'est un jour plus que triste.

Je me souviens de l'agresseur russe
Qui avait envahie Prague en août 1968
Pour écraser er détruire la démocratie
Qui venait d'émerger

Je me souviens de mes larmes
En entendant
Ces informations de matin à la radio
Alors que j'enfilait des bas de soie

Aujourd'hui
80 ans plus tard
Les larmes coulent
À nouveau
Chaque jour
Depuis 30 jours que dure déjà la guerre

# Tony

Il s'agit de sept frères et sœurs, trois frères et quatre sœurs, qui ne maintiennent pas de contact étroit les uns avec les autres, mais sont néanmoins liés par la mère, toujours vivante, âgée de plus de 90 ans, presque aveugle dans la vieillesse, et son fils préféré Tony.

# George

L'aîné de la fratrie, George, aimait porter son trench-coat bleu foncé, sur lequel beaucoup de poussière s'était déposée, son manteau lui descendait jusqu'au milieu de ses cuisses. George était un grand homme dont le dos avait une petite bosse. Le col de son trench-coat était relevé, il portait un képi, donc il n'y avait pas trop à voir de sa tête. Le képi couvrait son front, gardant ses yeux dans l'obscurité, qui avaient un regard perçant. Comme des yeux d'aigle, ils inspectaient curieusement leur objet. Un rayon lumineux émanait d'eux, qui regardaient de près l'objet comme avec une lampe de poche, sans que la personne concernée ne soupçonne quoi que ce soit. Le faisceau fonctionnait comme un tube à travers lequel l'œil zoomait magnétiquement sur ce qui était vu, sur des parties et sur le tout de ce qui était vu. George a tout disséqué puis l'a réassemblé en un tout selon ses goûts. Il a recréé les gens dans son sens, ils ont perdu leurs caractéristiques spécifiques, qu'il a remplacées par des inventées.

Il n'était donc pas étonnant que cela ait causé toutes sortes de problèmes dans une relation, en dehors de son tabagisme constant dans la rue ainsi que dans les bâtiments. Comment ça aurait-il pu être autrement car il n'était pas particulièrement disposé à échanger verbalement. On pouvait le voir constamment atteindre son smartphone, taper quelque chose, et si on regardait par-dessus son épaule, à la recherche d'un smiley. Il distribuait généreusement ces petits porteurs émotionnels. Ils ont exprimé quelque chose, mais n'étaient pas vraiment impliqués, il était donc confortable pour lui d'exprimer quelque chose sans être vraiment impliqué. Il est toujours resté vague. Cela pouvait signifier ceci et aussi cela quand il révélait quelque chose, au fond il ne voulait rien révéler sur lui-même, rendre visible aux autres, parce qu'il pensait que les autres étaient avides et monstrueux. Les gens qui avaient des contacts avec lui devaient tout interpréter, ce qui signifiait qu'ils pouvaient aussi se tromper. Mais il a simplement refusé d'être précis sur le présent ainsi que sur le passé et l'avenir. Où cette personne a-t-elle vécu, à quelle époque ?

Il vivait à une certaine époque, bien sûr, il approchait de soixante-dix ans, mais il était surtout important pour lui, et il faut le répéter, qu'il allait bien, qu'il était à l'aise, que c'était confortable, que c'était beau, qu'il n'était pas dérangé par des atrocités qui devenaient de plus en plus courantes à une époque de la crudité politique, sociale et personnelle, le mensonge et l'exploitation. Il l'acceptait si cela ne signifiait pas se faire prendre. Mais dans son trench poussiéreux et sombre avec un col retroussé, sa casquette à visière, son visage, qui était obscurci par un nuage de fumée qui émettait constamment sa pipe, le silencieux était bien camouflé.

Il pourrait avoir vécu à n'importe quelle époque, parce qu'à chaque époque il y avait des gens qui étaient avant tout préoccupés par le fait qu'ils allaient bien. Le bien-être, le confort, les opérations cosmétiques, la vie sans nuages dans la prospérité étaient de la plus haute importance. Afin de pouvoir mener une vie aussi rembourrée, de nombreux sacrifices ont été faits. Même les êtres humains qui enviaient le bien-être étaient sacrifiés, ils étaient tués si nécessaire, bien que ce fût principalement la manière des gens menacés de perte de pouvoir dans les plus hautes fonctions, mais aussi les petits dirigeants luttaient pour une bonne vie et, si nécessaire, passaient par-dessus les cadavres. Ces personnes mortes, n'étaient-elles pas à blâmer pour leur situation ? Pourquoi y étaient-

elles arrivées et avaient refusé de lutter pour une vie rembourrée par-dessus tout et de l'appliquer par tous les moyens sans tenir compte des pertes ? Pourquoi elles s'étaient arrêtées sur des marches inférieures et avaient passé le reste de leur vie en tant que sans-abri, en tant que sans-abri dans le caniveau, parce qu'elles se sentaient des êtres humains trop bons pour poursuivre impitoyablement leurs objectifs et passer par-dessus les cadavres comme le disait la langue vernaculaire. Personne ne devrait être aussi stupide et ne pas se battre pour son avantage par tous les moyens.
Mais même les rassasiés auraient leur tour un jour et mourraient. George le savait aussi, c'est pourquoi il a augmenté le bien-être autant qu'il le pouvait.

On le voyait souvent partir avec un sac qui ressemblait à un sac de sport ou de voyage. Un sourire subtil sur ses lèvres qui indiquait une joie anticipée, car son bien-être accru comprenait en toutes circonstances le plaisir qui lui semblait le plus intense quand il le gardait secret, pour cette raison il rencontrait les dames dans un love hôtel, ce qui déclenchait déjà à l'avance un délicieux picotement dans son corps, en particulier dans son petit sexe.
Sa bien-aimée, dont il ne connaissait pas le nom et qu'il ne voulait pas connaître, était déjà là,

assise en culotte et jupe et sans soutien-gorge sur le lit, prête à sauter dedans ou avant, s'il le souhaitait elle ferait du bien à son petit sexe, ce qui augmentait ses picotements jusqu'à la luxure.

Ce n'était qu'une touriste, il s'était formé sur cette espèce, car cela lui semblait être le plus inoffensif. Hors de vue, hors d'esprit. C'était donc bien, parce qu'il ne voulait pas perdre son indépendance chérie, qui faisait partie de son bien-être, car cela lui permettait de faire ce qu'il voulait. Il y avait toujours de nouvelles touristes dans la ville, car c'était l'une des villes les plus populaires au monde. Il disait qu'à travers les différentes touristes de différents pays, il apprenait à connaître les pays eux-mêmes, même les cœurs de ces pays et mieux que quiconque. De plus, les touristes, du moins celles qu'il rencontrait, n'étaient pas très exigeantes, parce qu'elles voulaient s'amuser avant tout, cela faisait partie de leur programme de bien-être, parce qu'elles ressentaient en vacances le besoin de vraiment aller trop loin au lit. On n'y croie pas, mais même les femmes, les plus prudes se sont réveillées.

De son sac qu'il a posé dans la salle de bain, il a sorti un rouleau de papier toilette rose, qui était destiné à essuyer son sperme, les deux serviettes, une petite et une grande pour la douche avant et après, parce qu'il ne faisait pas confiance aux serviettes et au papier toilette de l'hôtel, qui savait qui les utilisait, y avait touché et avait laissé des traces. En outre, il apportait du savon liquide avec lui à chaque fois, de sorte que son petit échappait aux maladies avant et après un nettoyage approfondi, car on ne pouvait pas savoir ce que les touristes apportaient avec eux de leur pays d'origine, contre cela peut-être aucun préservatif protégeait qu'il apportait toujours et l'utilisait pour se protéger. On ne pouvait pas faire confiance aux femmes, elles étaient si impulsives, ne pensaient pas, vivaient de la main à la bouche, elles étaient tellement dépendantes du plaisir qu'elles recevaient, elles l'attendaient avec impatience comme des enfants à Noël le sapin décoré de Noël, elles admiraient aussi son petit sexe avec délice. Certaines d'eux étaient sauvages et obsédées, d'autres n'ouvraient leurs jambes que dans la moindre mesure, parce qu'elles donnaient une silhouette raide aussi dans la vie. Il l'a pris tel qu'il se présentait à lui, parce qu'il en avait toujours pour son plaisir, ce que les touristes ne pouvaient pas dire, parce qu'elles trichaient et disaient que cela leur avait aussi donné du plaisir. Mais secrètement, elles se contentaient de tenir un homme nu embrassé, c'était déjà quelque chose, bien sûr pas pour toutes, ce fut même le cas pour très peu d'entre eux. Il était désolé quand il a joui trop tôt, même très tôt. Parfois, la vue de la honte féminine et du vagin ouvert l'excitait tellement qu'il n'avait même pas besoin de pénétrer pour éjaculer. Il n'aimait pas ça, parce qu'il préférait certainement la pénétration, mais son petit ne l'acceptait pas toujours. Au moment où ça devrait enfin commencer, qu'il était assez raide pour pénétrer, il a soudainement lâché prise et s'est relâché. Mais la plupart du temps, les dames le réveillaient avec leurs langues en jouant autour de son petit sexe dans leur bouche et l'y ont fait entrer et sortir avec délectation, de sorte qu'il n'était pas rare que leur bouche se remplisse de sperme. Certaines touristes l'ont avalé avec enthousiasme, d'autres l'ont craché. Il allait bien. Il essayait de rendre la pareille et agitait avec sa langue le clitoris de la femme d'avant en arrière, parfois vite, parfois lentement, toujours comme cela leur promettait du plaisir, mais ce n'était pas toujours prévisible. Parfois, le clitoris se battait et grimaçait au toucher ou le vagin avait des crampes quand il voulait pénétrer. C'était un gentleman et il lâchait prise immédiatement, car il ne voulait pas faire de mal à l'une des aimables touristes. C'était toujours un jeu imprévisible pour les deux côtés, ce qui ajoutait un attrait supplémentaire. Certes, il aurait pu trouver ses beautés dans un portail Internet, comme c'était devenu la

coutume, il y avait déjà des fournisseurs spécialisés dans l'organisation de rendez-vous secrets de personnes mariées ou pour des personnes qui avaient besoin du secret le plus strict.
Mais il préférait les retrouver dans la ville par hasard, par le jeu libre et réduit de gestes indubitables.

Il avait un autre passe-temps, très différent. Il se levait tôt tous les matins pour observer les oiseaux, il a même enregistré leur gazouillement et a imaginé quel pourrait être son contenu. George préférait le rouge-gorge et le bleu, ce qui était dû aux couleurs qu'il préférait, une couleur froide et une couleur chaude. Mais il aimait écouter tous les oiseaux, se sentait presque satisfait de leurs gazouillements, qu'il emportait avec lui. Il se demandait aussi de temps en temps s'il devait acheter un oiseau pour la maison, mais arrivait à la conclusion que ce n'était pas le même miracle qu'il avait vécu dans la nature.
Il avait travaillé dans sa vie professionnelle au bureau des impôts, il avait sa propre salle de bureau, dont les fenêtres étaient toujours ouvertes pour qu'il puisse entendre les oiseaux, même s'il ne les voyait pas ou seulement fugitivement. Il n'y avait pas de circulation publique qui aurait pu le déranger comme

c'était le cas pour d'autres responsables du dossier qui recevaient des gens en délibéré. Il n'avait pas à s'embêter avec cela, juste avec les colonnes de chiffres qu'il passait au crible pour découvrir des choses dangereuses, de la fraude et de la sournoiserie. C'est pourquoi il avait toujours un peu peur des chiffres qui pouvaient faire peur en révélant des fraudes. Quand les choses allaient mal, il prenait sa casquette, son manteau et ferma tranquillement la porte. Il n'avait pas à s'inquiéter, il pouvait retravailler quand il avait tout digéré, surmonter la crise, qu'il devait condamner quelqu'un, ce qui était profondément inconfortable pour lui, comme chaque poignée de main qu'il devait faire quand une main lui était tendue. Oui, en fait, il transpirait parfois, c'est ce que les chiffres provoquaient, c'est le pouvoir qu'ils avaient sur lui, il trouvait cela dangereux, cette fois pour lui-même, parce qu'il arrivait qu'il ait eu le vertige dans la tête et les collègues appelaient le médecin urgentiste, car ils ne savaient pas pourquoi il était devenu si fou, s'accrochait aux murs par pur vertige. Déjà dans la soirée, cependant, il allait mieux et le lendemain matin, à la stupéfaction de tous, il a commencé son service, puisque comme il leur a expliqué, l'équilibre de l'oreille interne gauche avait été suspendu et avait causé le vertige. Aucune raison de s'inquiéter, comme le médecin lui avait assuré, cela s'installerait tout seul, jusquelà l'oreille droite pour la gauche prendrait en charge le travail. S'il avait peut-être été surchargé, devenu étourdi par les colonnes de chiffres ? Le médecin l'avait interrogé sur son activité et avait ainsi rencontré la cause possible. Sur les conseils du médecin de l'oreille, il devrait vraiment se détendre pendant une plus longue période de temps. Mais ce n'était pas nécessaire, puisque le dernier incident grave s'était produit peu de temps avant sa retraite.

Il a été touché par le cadeau d'adieu de ses collègues, car malgré son isolement, presque invisibilité, il était un collègue apprécié, il était toujours présent, bien que derrière une porte de bureau fermée, contrairement aux autres qui aimaient discuter avec la porte ouverte quand il n'y avait pas de circulation publique.

Bien qu'il n'aimât pas les oiseaux dans la cage, il était visiblement touché qu'on lui ait donné une perruche, qui l'a également salué joyeusement en pépiant, après quoi il n'a pas pu résister à un beau sourire, et la foule de collègues autour de lui a applaudi tout de suite.

Il pensait peu à sa mère, pas même maintenant qu'il était à la retraite et qu'il aurait eu le temps. C'était rassurant que son frère Tony reprenne l'œuvre avec sa mère. Si elle le déshéritait à cause de cela, il ne serait pas désolé, car il avait de bons moyens de subsistance.

Quand il pensait au passé, quand ils étaient encore une famille, il devenait de toute façon étourdi et la famille d'origine lui semblait être la véritable raison de ses vertiges, qui s'étaient reproduits, contrairement à l'espoir que le médecin lui avait donné.

Sa mère l'avait né avec indifférence, n'avait pas honte de laisser cela être annoncé. À ce moment-là, alors qu'il venait de devenir puissant dans la pensée consciente, il lui semblait qu'elle ne donnait naissance à ses enfants que pour remplir son rôle de femme, que la société, ainsi qu'aux toutes les autres femmes, lui avait imposé, et elle le faisait expier pour cela, parce qu'il y avait une inimitié entre eux depuis le début, mais au moins une hostilité. Il l'a remarqué en particulier lorsqu'il a pu observer comment son frère Tony a été soigné, il était son préféré, cela se voyait, bien que lui aussi manquait de gestes tendres et en souffrait à sa manière. George aspirait en vain à l'affection de sa mère dans ses premières années de son enfance, alors il est devenu aigri et emprisonné, laissant libre cours à ses sentiments hostiles.

Il soupçonnait même que ce frère préféré était l'enfant de quelqu'un d'autre, il croyait savoir de qui il était. Fréquemment, ils ont reçu la visite d'un des amis du père, qui faisait déjà partie de la famille, mais qui est soudainement resté à l'écart, car il avait provoqué des troubles, voire des querelles entre ses parents. La mère, bien que ce soit des années plus tard, était allée dans la ville où vivait l'ami du père. Mais George a admis qu'il y avait peut-être d'autres raisons à cela, peut-être que c'était même une autre ville, et la raison en était peut-être que le père l'avait mis enceinte à nouveau et peut-être qu'elle avait planifié et achevé un avortement. C'étaient des spéculations, il le savait.

Sa jalousie envers son frère Tony a été réduite au cours des années. Quand il avait trouvé sa propre voie, il l'a même presque oublié.

## Tony

Tony, le plus jeune, était beaucoup plus ouvert. Il ne cachait pas sa vie, du moins c'était ce qu'il semblait. Il avait fondé une famille, bien qu'il n'ait pas eu d'enfants, mais sa compagne Monique en avait amené trois et ne voulait plus donner naissance à d'autres enfants. Elle avait déjà quarante ans quand ils se sont rencontrés, un âge difficile pour mettre des enfants au monde. Tony avait trente ans, n'a jamais voulu d'enfants et a même eu une séparation parce que sa partenaire à l'époque voulait absolument avoir des enfants. Il s'est alors impliqué dans une relation avec Monique, elle lui avait dit qu'elle avait été chez une diseuse de bonne aventure et qu'elle avait reconnu en Tony l'homme qui lui était destiné. C'était fictif dans sa détresse, mais elle pensait que cela aurait un effet. Et elle ne s'était pas trompée sur le fatidique Tony. Son premier mari avait commis l'adultère, alors elle l'avait abandonné avec les enfants sans plus tarder. Le fatidique Tony et la résolue Monique se sont mariés pour la vie, même si ce n'était pas le grand amour, mais il se sentait en sécurité avec la femme dominante et maternelle et se laissait bien endurer entre ses seins luxuriants, parce que lui aussi, comme son frère aîné, George, était enclin au plaisir, et elle n'avait rien contre, parce qu'elle ne voulait plus donner naissance à d'autres enfants. Leur rapport sexuel se déroulait de manière conventionnelle mais régulièrement ce qui leur suffisait. Quand elle a décidé à l'âge de soixante-dix ans que c'était maintenant fini, parce que la différence d'âge de 10 ans devenait de plus en plus perceptible avec le vieillissement, Tony n'a pas dit un son, n'a pas essayé de changer l'avis de sa compagne. Elle lui expliqua que de vieilles blessures s'étaient à nouveau ouvertes, que de vieilles cicatrices l'avaient à nouveau blessée lors de la pénétration, les incisions périnéales suturées après ses trois naissances. Tony avait très peur, bien sûr il ne voulait pas lui faire de mal et a accepté son offre, qui était mieux que rien, pour quelqu'un qui était encore jeune à 60 ans et qui avait encore envie. Elle-même ne voulait plus être touchée, mais elle voulait l'aider avec sa main à son orgasme, cela s'est passé pendant quelques années comme ça, aussi ils ont continué à dormir dans le lit commun, seul le matelas a été remplacé. Mais ils ont progressivement gardé plus de distance, car un jour elle ne voulait plus satisfaire ses désirs sexuels. Tout le reste est resté comme d'habitude. Ils allaient se coucher ensemble après avoir regardé l'émission de télévision ensemble et après qu'il s'est masturbé dans la salle de bain. Tony se considérait encore plus ou moins chanceux, parce que son vieil ami d'enfance lui a dit qu'il ne ressentait plus aucun désir et qu'il était récemment allé se coucher avec une femme charmante, mais que rien ne s'est passé, ils se sont juste allongés l'un à côté de l'autre et se sont endormis parce que, contrairement à la jeune femme, qui aurait aimé, il n'aurait ressenti aucune motivation, pas même un soupçon de désir. C'était différent avec Tony. Il laissait libre cours à sa convoitise dans la salle de bain, surtout quand il avait regardé ses photos, qu'il avait secrètement prises en public de décolletés délicats, de jambes écartées sous des jupes courtes, de mamelons qui se pressaient sous les T-shirts, de bouches ouvertes et riantes... En dehors de cela, ils menaient une vie sociale diversifiée, étaient invités et invitaient beaucoup, faisaient des excursions d'une journée avec des amis, visitaient d'autres villes, aussi leurs enfants et petits-enfants venaient souvent leur rendre visite, mais presque pas du tout ses frères et sœurs. Bien sûr, les vacances à Venise, en Espagne, à Tenerife, etc. ne manquaient pas non plus et souvent ils allaient à la plage, où ils nageaient longtemps, lorsque Monique était allée dans l'eau et que Tony s'occupait de leur affaires, comme elle l'avait fait précédemment quand il était allé à l'eau, il avait pris des photos cachées des baigneurs qui prenaient un bain de soleil après la baignade, et sous sa protection oculaire les gens allongés sur la plage n'ont rien remarqué quand il a fait une vidéo avec son smartphone.

Parfois, il pensait à la séparation afin de vivre sa convoitise avec une plus jeune femme, mais leur vie ensemble était plus confortable que jamais, à l'exception de la vie amoureuse finie, il lui semblait donc inutile de quitter sa partenaire âgée pour une partenaire plus jeune, car il ne saurait pas à quoi s'attendre, la plus jeune pourrait bientôt le quitter à son tour, alors il serait seul, cela il ne le voulait en aucun cas, bien qu'il se considérât comme indépendant. Tout est resté tel quel, d'autant plus que Monique avait aussi besoin de lui financièrement, du moins si elle voulait continuer le niveau de vie après une séparation. Elle ne partageait pas le loyer, mais payait pour l'épicerie.

Tony a également trouvé satisfaction dans sa vie quotidienne de retraité en s'occupant de sa mère âgée, généralement le matin. Dans sa maison il y avait toujours quelque chose à réparer, il s'occupait de sa nourriture, l'emmenait au rendez-vous de contrôle avec l'ophtalmologiste et autres médecins.

De plus, le complexe de bâtiments dans lequel il vivait nécessitait de nombreuses inspections et réparations. Il le faisait en tant que gardien bénévole, mais seulement pendant quelques années, après, avait-il annoncé à la communauté des propriétaires, ce serait fini. Il répondait également aux nombreux appels des propriétaires du bâtiment, s'il pouvait aider, il le faisait. Il avait parfois tellement de choses à faire qu'il ne poursuivait guère son passe-temps d'écouter de la musique jazz, mais laissait Borokov et Thomas Stanko prendre la poussière dans l'armoire à CD, c'est pourquoi il s'endormait parfois devant la télévision et était réveillé par son partenaire quand il était temps d'aller au lit, de sorte qu'il ne venait même pas à son plaisir dans la salle de bain. Mais il prenait d'autant plus de temps pendant la journée, quand elle faisait du sport ou ses courses. Ils avaient tous les deux en principe beaucoup de temps pour tout, car leurs deux vies professionnelles étaient terminées. Dans sa vie professionnelle elle vendait des chapeaux, tandis que lui photographiait lors de mariages, de baptêmes et de nombreuses autres fêtes. Il avait été travailleur autonome et avait beaucoup voyagé, car il avait été réservé pour toutes les occasions imaginables. Il n'aimait pas beaucoup ce métier, c'était toujours la même chose, toujours les mêmes motifs, toujours les mêmes tentatives de sourire avec désinvolture, de prétendre que plus rien ne le surprenait. Maintenant que sa vie officielle de photographe était terminée, il aimait prendre des photos avec son smartphone et, en dehors des images intimes, aimait photographier la nature, comment elle se balançait, prenait d'assaut et les paysages paisibles, les lacs, les montagnes, tout ce qui lui semblait beau, qui pouvait aussi être laid, mais qui appartenait à la nature.

Tony avait non seulement une tendance sociale distincte, mais aussi un côté introverti et secret. Il semblait parfois qu'il était têtu quand il ne réagissait pas. Il s'est simplement tu et n'a pas sorti de syllabe, s'est simplement détourné et a ainsi snobé l'auteur de la question. Son silence périodique, quand il durait, ressemblait à une dépression, car dans ces phases parfois courtes et plus longues, il était non seulement insensible, mais aussi inactif, à l'exception de l'achèvement de toutes les choses les plus nécessaires, comme donner à sa mère impuissante les soins sur lesquels elle comptait pour aller bien. Sa mère était toujours prise en charge par un personnel professionnel et la sœur de Tony, qui passait généralement l'après-midi avec sa mère. Une infirmière venait tous les matins et tous les soirs pour la laver et l'habiller ou la déshabiller, régulièrement une aide domestique venait, qui prenait en charge le nettoyage, entre autres. Cela coûtait cher, mais dans l'ensemble, c'était moins cher que de la placer dans une maison de retraite. Tony appelait sa mère depuis toujours « maman » et gardait cela. Les frères et sœurs l'avaient calculé, ils étaient arrivés à la conclusion de le laisser comme ça, parce que ça s'était bien passé jusqu'ici, mis à part les coûts moins élevés. Sa mère ne voulait pas aller chez les personnes âgées de toute façon, elle vivait dans sa maison depuis plus de cinquante ans et elle était, bien que presque aveugle, toujours mentalement à jour et appliquait sa volonté aux autres. Bien qu'elle ait passé toute la journée dans son fauteuil, parce qu'elle ne voulait pas être conduite dans un fauteuil roulant, elle semblait être de bonne humeur, ce qui n'était pas étonnant, car le matin, elle avait le fils autour d'elle, l'après-midi la fille et les tâches ménagères, la nourriture, les soins du corps et d'autres impuissances étaient bien pris en charge par des professionnels. D'une certaine manière, c'était un ensemble complet de bien-être avec lequel elle était satisfaite et donc heureuse de s'accrocher à la vie.

Quand Tony a sombré dans la dépression, il a quand même réussi à faire sa part de son bien-être. Trop fort était son sens du devoir familial, dont les autres frères et sœurs s'étaient largement libérés sans scrupules, c'était leur vengeance d'être restés mal aimés.

Les antidépresseurs aidaient Tony, qu'il prenait contre les sentiments qui le déprimaient dès qu'il les ressentait.

**Marie-Louise**
**Marie-Louise et sa mère**
**Marie-Louise**

Marie Louise, la sœur de Tony, qui depuis sa retraite - si on pouvait parler de retraite, car elle avait travaillé comme pigiste et vaquait encore à ses occupations de temps en temps - passait la plupart de ses après-midis avec sa mère, n'en était pas heureuse, mais avait accepté après que les autres frères et sœurs se soient retirés de manière persistante.

Marie-Louise avait pris l'habitude, pour le plus grand plaisir de sa mère, de lui parler des photos d'avant, qui figuraient dans plusieurs albums photos. Un jour, elle en a trouvé une photo derrière une photo, parce qu'elle avait glissé avec un coin sous le haut. Elle l'a sorti avec précaution et a été surprise quand elle a vu la mère, qui avait vécu la guerre, avec des cheveux tondus dans un petit groupe d'autres femmes conduites dans les rues de la ville sous le ridicule des gens qui regardaient par les fenêtres et le trottoir, dont certaines ont même jeté des pierres, c'est pourquoi la mère a tenu sa main de manière protectrice devant sa tête. La mère n'avait jamais mentionné cet épisode de sa vie. Marie-Louise voulait spontanément montrer cette photo à sa mère, mais bien sûr, elle était devenue aveugle, alors elle lui a décrit la photo. La mère l'a fermement rejetée avec sa description. Non, ce n'était pas elle, mais comme sa mère le rapportait maintenant, sa sœur jumelle Renée, qui avait été violée par un occupant à l'âge de 14 ans, et ce n'était pas suffisant, la mère s'est mise en colère, en plus Renée a été sacrifiée par la famille pour de la viande et d'autres aliments, que l'occupant leur a apportés en retour, tant qu'il pouvait abuser de Renée.

Marie-Louise était plus qu'irritée, même choquée, et ne savait pas s'il fallait croire sa mère. La sœur jumelle de la mère, sa tante, vivait loin dans une maison de retraite et ne répondait plus à tout. Elle devrait probablement bientôt aller dans une maison de soins infirmiers, Ehpad, car sa démence progressait chaque jour qui passait et lui faisait progressivement oublier sa vie vécue. Elle était également à peine visitée, seul son frère Tony, qui s'occupait de la mère le matin, se rendait chez elle une fois par an pendant une semaine et s'occupait de ses affaires bancaires ainsi que de beaucoup plus et lui rendait visite. Mais sinon, elle a été oubliée par tout le monde, et elle-même les a tous oubliés. Parfois, elle reconnaissait Tony, d'autres fois elle ne le reconnaissait pas. Marie-Louise n'était pas décidée si elle devait aller rendre visite à sa tante pour lui montrer la photo et découvrir ce qu'elle avait à dire à ce sujet.

Elle feuilleta l'album photo et regarda les photos sur lesquelles les sœurs jumelles pouvaient être vues ensemble. Étaient-elles vraiment indiscernables ? N'y avait-il pas une caractéristique que l'une avait et l'autre non ? Puis il lui est venu à l'esprit, bien sûr, la main de la mère n'avait toujours eu qu'un demi-petit doigt, elle avait même pu le voir exactement sur la photo, car la mère tenait sa main de manière protectrice devant sa tête pour la protéger des pierres avec lesquelles elle était bombardée.

Pour l'instant, Marie-Louise a rassuré sa mère, qui était bouleversée par la photo. Elle ne s'était jamais demandé pourquoi sa mère n'a maintenu qu'un contact superficiel avec sa sœur tout au long de sa vie. Une chose était maintenant claire, la mère avait menti, car c'est elle-même sur la photo qui la montrait avec des cheveux tondus, à laquelle le crime a été commis à l'âge de 14 ans. Ne se pourrait-il pas alors que leur hostilité particulière envers George, le premier-né, qui a attiré l'attention de tous les membres de la famille, était due à cela, que le père de George était l'occupant qui abusait de sa mère, jeune de 14 ans et que George a été conçu juste avant la libération ? La mère s'était mariée exceptionnellement tôt et cela peu de temps après la libération. Son mari beaucoup plus âgé aurait-il pu être la solution par nécessité ? Parce que cela ne semblait pas avoir été un mariage d'amour, ses relations l'un avec l'autre étaient plutôt neutres.

Peut-être était-il conscient de sa fonction de sauveur et avait-il lui-même des raisons de l'épouser ? La mère ne répondrait pas honnêtement à toutes ses questions si elle les posait, afin de ne pas être privée de sa paix, dont elle jouissait encore, bien qu'attachée au fauteuil. Surtout avec tous les soins pour elle, qui ont peut-être aussi été faits parce qu'eux, les enfants, recevraient un héritage somptueux, bien sûr pas les apostats, qui ne pouvaient qu'attendre leur part obligatoire, puisqu'ils ne se laissaient jamais voir et se fermaient comme George. Le fait qu'elle-même ne voulait pas les voir non plus n'avait rien changé.

George

Pendant ce temps, George a parlé à l'oiseau heureux dans la cage, comme avec un partenaire ont déclaré les voisins. Marie-Louise avait voulu lui rendre visite une fois, mais il n'a pas ouvert quand elle s'est tenue devant sa porte et a sonné. Une porte de voisin s'était ouverte, le voisin murmura qu'il était devenu un étrange hibou et évitait tout contact. Depuis qu'il avait pris sa retraite, il vivait comme s'il était incarcéré, de sorte que les gens dans la maison étaient déjà inquiets.

Marie-Louise

Marie-Louise a demandé à sa mère quand cela était arrivé à son doigt, elle a répondu que cela venait de l'enfance. Elle l'aurait causé elle-même l'accident, parce qu'elle n'avait pas écouté l'interdiction du père. Elle était montée sur un tabouret et avait joué à son établi. Elle n'a pas voulu se faire coudre son doigt, au contraire, elle était heureuse qu'elle différait enfin de Renée et que tout le monde savait à qui ils avaient affaire.

Marie-Louise s'est dit que la mère avait souffert de quelque chose de très difficile, qu'elle s'était maintenue à flot avec ses mensonges, que ses mensonges avaient prétendu être une vie sans expériences traumatisantes, elle avait blâmé sa sœur jumelle. C'était peut-être la raison pour laquelle elle ne maintenait pas de contact avec sa sœur, afin que ses mensonges ne soient pas révélés par hasard.

Alors que Marie-Louise gardait le silence, elle se souvenait les parents de sa mère. Dans son silence, à son grand étonnement, sa mère a commencé à faire quelques remarques, peut-être qu'elle allait soulager son cœur, mais elle a continué à mentir et a parlé de sa sœur jumelle Renée, bien que ce soit elle-même qui ait été abusée, mais Marie-Louise savait maintenant que la mère parlait d'elle-même, de ses propres expériences traumatisantes :
Après le viol, qui a eu lieu dans l'appartement des parents, et les parents ont même entendu les appels à l'aide de leur fille, mais ne sont pas intervenus, le père en particulier a mis sa sœur jumelle (elle-même) sous pression pour céder au désir du violeur de se mettre à sa disposition afin d'assurer un approvisionnement régulier en viande et en nourriture en retour. Le père a reçu le soutien de ses parents, les grands-parents des jumelles, qui vivaient avec eux. Ils ont rapporté

à plusieurs reprises à quel point ils avaient souffert de la faim pendant la 1ère guerre mondiale, qu'ils avaient même eu peur de mourir de faim. En particulier, lorsque sa sœur jumelle Renée (elle-même) était présente, ils ne se lassaient jamais de se plaindre de leur famine pendant la guerre, alors Renée (elle-même) a cédé, car sinon elle n'aurait pas su où aller avec ses sentiments de culpabilité envers ses parents et grands-parents, qui avaient faim et se seraient peut-être tués.

Quand l'occupant est arrivé, ils sont tous partis. Mais ensuite, ils se sont assis à la table et ont mangé silencieusement le beau plat de viande. Cependant, Renée (elle-même) abusée est restée à l'écart des repas, tout le monde l'a entendue pleurer pendant le repas dans la pièce voisine. Elle-même, c'est-à-dire Renée, aurait mangé pour ne pas décevoir ses parents, qui étaient fiers de bien nourrir la famille en ces mauvais temps. Lorsque Renée (elle-même) au moment de la libération a été ensuite poursuivie dans les rues, insultée et bombardée de pierres pour avoir couché avec un occupant, elle a soudainement disparu. Son père s'était suicidé de honte et n'était pas mort dans un accident, comme on l'a fait savoir dans le milieu familial. La mère s'était endeuillée jusqu'à la mort.

Après ces aveux inattendus, dans lesquels la mère avait séparé d'elle les crimes terribles commis contre elle et en avait accablé la sœur, elle a rompu son histoire et a dit qu'elle voulait maintenant être seule.

Sur le chemin de retour, Marie-Louise était heureuse qu'il fasse nuit noire, car ses larmes coulaient sans cesse et voilaient ses yeux, de sorte qu'elle se sentait aveugle comme sa mère. En ce moment, de tous les temps, elle a eu une crise de panique. Elle s'arrêta, et, par précaution, s'appuya contre le mur qu'elle avait senti dans l'obscurité. Elle pleura tellement qu'elle s'accroupit pour se calmer.
Elle n'avait jamais su pourquoi elle avait soudainement été frappée par des crises de panique pendant quelques années, car peu de choses avaient changé dans sa vie, si ce n'est qu'elle avait passé beaucoup de temps chez sa mère depuis sa retraite. Elle soupçonnait que ses crises d'anxiété pouvaient avoir quelque chose à voir avec le fait qu'elle vivait la présence de sa mère de près presque tous les après-midis et qu'elle était peut-être inconsciemment touchée par son histoire de souffrance, qu'elle ne connaissait pas auparavant. Serait-il vraiment possible que le traumatisme refoulé par la mère, ressenti à

l'époque, lui soit transmise, renforcée par leur rencontre quotidienne, qui lui a serré la gorge ? Mais comment la mère avait-elle réussi à mener une vie de famille malgré tout ? Cela avait-il vraiment fonctionné ? Quand elle regardait ses frères et sœurs à tour de rôle, seul Tony semblait heureux avec modération et savait-elle s'il ne retenait pas aussi une souffrance et simulait un fonctionnement ? Peut-être qu'elle lui faisait une injustice. C'était juste qu'il essayait de tous les côtés de donner l'apparence de bien ordonné.

Elle a eu peur quand elle a été approchée dans le noir. Ce n'était autre que Tony qui s'est penché sur elle. À côté de lui, elle reconnut sa femme. Ils avaient fait une promenade en soirée. Tony a insisté pour qu'elle vienne avec eux pour se reposer. Cependant, lorsqu'on lui a demandé ce qui se passait, elle n'a pas donné de réponse, pas même quand elle était allongée sur le canapé chez eux, au lieu de cela, elle s'est endormie. Quand elle s'est réveillée le lendemain et a pris le petit déjeuner avec eux, elle a insisté pour rentrer seule à la maison. En fait, elle avait l'air reposée. La seule chose était que lorsqu'elle lui a dit au revoir, elle a demandé à Tony de reprendre son quart de travail de l'après-midi avec la mère, car un rendez-vous important s'était présenté à court préavis. Bien sûr, Tony était prêt à le faire, même s'il a commencé à souffrir lui aussi des quarts de travail supplémentaires avec sa mère, car ce n'était pas le premier quart de travail que Marie-Louise lui avait demandé de prendre. Cela s'était additionné, il espérait que cela reviendrait à la normale tout seul.

Le mari de Marie-Louise s'était avéré excessivement jaloux et avait commencé à la battre. C'était aussi sa confiance en elle-même qu'il voulait briser. Il s'est senti humilié par la façon triomphante de sa femme et a mené la lutte de pouvoir avec les poings pour lui montrer qui portait le pantalon dans la maison.

Marie-Louise, qui vivait avec une femme après son divorce il y a deux décennies, était soulagée en rentrant que sa partenaire n'était pas présente dans l'appartement.
Elle est allée au bar de la maison et s'est versé un whisky, et comme sa partenaire n'était pas là, elle s'en est versé un autre. Elle n'aimait pas quand on l'appelait alcoolique, parce qu'elle se sentait loin de cela, même si elle aimait boire un verre ou deux et certainement, de temps en temps, cela devenait plusieurs verres.
Elle a attrapé ses clés de voiture, a supprimé sa voix intérieure qui lui conseillait de ne pas conduire en état d'ébriété. La voix qui faisait

appel à sa raison n'était de toute façon pas très forte, parce qu'elle aussi était ivre.

Elle est sortie en voiture dans la campagne, l'essentiel était de conduire le long des avenues d'arbres désertes. Il n'y avait presque pas de circulation venant en sens inverse, quand une voiture est venue vers elle, elle a allumé les phares, elle ne savait pas pourquoi. À son avis, elle a conduit strictement tout droit. A-t-elle conduit trop vite ? Quand elle a finalement vu à travers ses yeux voilés par ses larmes et s'est rendu compte qu'elle se déplaçait à grande vitesse, il était déjà trop tard, elle a écrasé sa voiture dans un arbre et était immédiatement morte.

**Flore**

Sur le chemin des funérailles, Tony a pensé à Flore, la sœur décédée il y a trente ans, et comme c'était il y a si longtemps, plus personne ne pensait à elle, pas même lui, bien qu'elle se soit confiée à lui peu de temps avant sa mort.
C'était une fille exceptionnellement belle, et son léger handicap de marche n'a pas changé cela. Elle avait appris le merveilleux métier de luthier et était tombée amoureuse d'un client qui avait souvent quelque chose à réparer et à améliorer sur ses violons. Il était pianiste de concert, donc les instruments devaient être accordés à cent pour cent, et devaient être souvent révisés.
Le pianiste a clairement indiqué que lui aussi avait pris feu, alors lui et Flore sont entrés dans une histoire d'amour. Cependant, après un mois, il lui a dit qu'il était marié et qu'il n'avait

pas l'intention de se séparer de sa femme, même si son mariage n'était pas façonné par la passion comme la relation avec elle. La malheureuse Flore voulait mettre fin à la relation, mais elle n'y est pas parvenue, elle était déjà trop profondément impliquée avec ses sentiments. Elle l'aimait. Mais à son grand regret, ils ne se voyaient pas souvent, car il craignait d'être vu par hasard par des voisins, des amis et des connaissances, de sorte que son mariage serait menacé. Flore souffrait aussi quand elle imaginait que son bien-aimé Paul partait seul ou avec des amis, avec sa femme, ils se rencontraient avec des amis pour le dîner, avaient des visites familiales, allaient se promener avec toute la famille, célébraient des anniversaires, assistaient à des concerts ensemble. Flore aurait aimé aller se promener avec lui, n'aurait été que trop heureuse de visiter une exposition avec lui, beaucoup de choses qu'elle aurait aimé faire avec lui, mais elle ne pouvait même pas se promener main dans la main avec lui, ce qu'elle désirait tant. Il avait promis de faire attention de ne pas lui parler de sa vie privée pour qu'elle ne souffre pas trop, mais il l'oubliait souvent et la blessait quand il parlait spontanément de sa vie avec sa femme. Flore est devenue de plus en plus sensible, et cela commençait déjà à la déranger quand il a dit que leur petite-fille venait déjeuner, il espérait qu'elle viendrait vraiment et ne serait pas dissuadée par la pluie.

Elle est devenue triste lorsqu'elle lui a demandé, elle l'a presque supplié qu'il lui dise qu'il l'aimait, mais ces derniers temps, il n'a pas réagi du tout. Au début de leur relation, il lui disait souvent qu'il l'aimait et aussi qu'il pensait à elle plus de 24 heures sur 24. Après seulement quelques mois, rien de tel n'est venu, et quand elle lui a demandé s'il l'aimait toujours, il a répondu : « Avec réserve et retenue, mais je me sens toujours bien avec toi. »

Le pianiste Paul a compris Flore quand elle s'est plainte et a accepté une rupture à tout moment. Il a essayé de freiner sa passion, mais d'un autre côté, il a continué à répondre à son désir d'amour, parce que quel homme pouvait résister à une femme ivre d'amour qui avait tant d'amour à donner ? Il n'était que trop heureux de s'enfoncer dans les profondeurs de son sexe, couvrant son corps de petits baisers puis s'endormant sur sa poitrine pendant qu'elle lui caressait la tête jusqu'à ce que, soudainement réveillé, il saute, se glisse dans ses vêtements et s'éloigne rapidement pendant qu'elle crie ses yeux dans les oreillers encore chauds. Bien entendu, il ne voulait pas la voir souffrir et ne voulait pas la faire souffrir et a donc répondu à ses propositions de séparation à chaque fois,

mais Flore n'arrêtait pas de revenir et le suppliait presque de laisser cela continuer entre eux et de ne pas finir.
Pendant ce temps, sa concentration au travail diminuait, les clients n'étaient plus aussi satisfaits des résultats qu'auparavant, de sorte que le maître devait retravailler à chaque fois. Il lui a dit que ça ne pouvait pas continuer comme ça. Non, bien sûr que non. Son amant lui avait aussi dit que ça ne pouvait pas continuer comme ça. Et elle-même ne savait pas comment cela pouvait se passer de ne plus continuer. Comme déjà tant de fois avant ils ont accepté un silence radio, mais qui a de nouveau été rompu par les deux.

Flore avait montré à Tony sa correspondance la plus récente avec son bien-aimé Paul. Tony s'en souvenait bien, car l'amour de sa sœur, non partagé pour ses termes, l'inquiétait beaucoup.

Flore avait demandé à Paul si elle pouvait lui envoyer un cadeau de Noël, puisqu'ils ne se verraient pas pendant longtemps, car après les vacances de Noel, il commencerait une tournée de concerts. Il avait répondu qu'il ne voulait pas lui donner son adresse, mais il était heureux qu'elle y ait pensé.
Dans les nuits, elle le sentait très proche dans son imagination et était submergée par son

corps nu, l'appréciait dans l'imagination dans ses bras.

Elle lui a envoyé une photo de la bague qu'elle portait comme alliance, bien que ce ne soit pas un cadeau de sa part, mais il avait ajouté la moitié du prix par la suite.

Elle lui écrivit qu'elle avait très bien dormi dans ses bras, et qu'elle le sentait proche d'elle.

Il répondit qu'il était ravi qu'elle ait si bien dormi dans ses bras. Lui, il avait vu un film sur Notre-Dame de Paris jusqu'à minuit et s'est réveillé dans ses bras à 5h00 du matin. Et après une promenade matinale, il rampait à nouveau sous sa couette.

Elle a écrit qu'elle ne serait que trop heureuse de recevoir un cadeau, mais comme c'était impossible, ce qu'il pensait s'ils s'envoyaient au lieu de cela une photo d'une partie de leur corps, elle de sa poitrine. Mais que ce ne serait peut-être pas une bonne idée. Avec ou sans photo, elle l'aimerait.

Il a répondu qu'il avait eu la même idée et que ce ne serait maintenant plus une surprise.

Pas de « je t'aime aussi » comme elle l'avait secrètement espéré.

Puis elle espérait que cela arriverait au réveillon du Nouvel an peu après minuit, parce qu'il avait promis de lui écrire juste après 24.00h. Elle avait imaginé qu'ils porteraient un toast virtuel et qu'il lui dirait : « Je t'aime ! », mais il lui a écrit, ce qui l'a complètement dérouté, mis dans le désarroi : « Je te souhaite la santé pour la nouvelle année ! » Rien de Plus. Pas un mot d'amour, pas de mot d'amour du tout. Elle était vraiment désespérée.

Tony se souvenait du film avec Karin Viard, « Dis que tu m'aimes », dans lequel une présentatrice de radio est à la recherche de sa mère, parce que celle-ci l'avait donnée quand elle était enfant. Dans son chagrin la femme vivant seule s'enferme dans un placard tous les soirs, où elle écoute les disques de sa mère et laisse libre cours à ses larmes. Quand elle retrouve sa mère, elle la force à lui dire l'expression d'amour qui lui a manqué toute sa vie : je t'aime.

Tony avait ressenti un sentiment inconsolable lorsque le corps de Flore a été retiré de la rivière.
Au fil des ans, elle a été oubliée, on n'a parlé que de cinq frères et sœurs, bien qu'ils soient six frères et sœurs.

## Marie-Louise

Ni les frères et sœurs ni la mère sont venus aux funérailles de Marie-Louise, seul Tony et la partenaire de Marie-Louise étaient présents. Alors qu'elle pleurait, Tony se demanda s'il devait mettre son bras autour de son épaule de manière protectrice et réconfortante, même s'il la connaissait à peine, mais il attendit qu'elle sanglote et qu'elle parte avec l'urne.

Tony s'arrêta un moment et se souvint de sa sœur Marie-Louise qui, enfant, aimait se promener en pantalon, si possible avec des bretelles. Elle aimait aussi siffler, ce qui l'impressionnait quand il était enfant. Elle avait une mélodie préférée, sifflant cette chanson, il a commencé son chemin vers la maison, il était étonné qu'il puisse encore s'en souvenir et la siffler. Enfant, il voulait grimper à son arbre, mais elle ne le permettait pas, elle ne voulait pas partager sa conquête, elle prétendait que c'était son arbre à elle. Quand il a couru après elle à travers les champs, elle était plus rapide et s'est retournée en riant, elle aimait le laisser derrière elle jusqu'à ce qu'il abandonne.

Marie-Louise était très puissante, cela ne l'a pas surpris qu'elle soit devenue agent immobilier. Au volant d'une grosse voiture, elle se déplaçait pour acheter et vendre des maisons. Il la vit devant lui avec sa cravate beaucoup trop longue, qu'elle enroula aussi autour de son cou comme une écharpe et en rit quand elle se vit dans le miroir. Le fait qu'elle soit arrivée à une fin aussi tragique et abrupte ne l'a pas laissé indifférent.

## Philippe

Tony fut étonné de l'invitation de son frère Philippe, mais la suivit volontiers après tout ce qui s'était passé. Ils ne s'étaient pas vus depuis longtemps, alors il a eu peur quand il a vu son frère émacié et pâle au visage devant lui. Il savait qu'il avait toujours été un gros fumeur, mais il avait oublié que cela pouvait faire de tels ravages. Dans le passé, le frère était rond et plutôt équipé de traits féminins. Après tout, il a reconnu son sourire. Tony a été immédiatement attiré dans l'appartement par Marlene, la fille adulte sourde-muette qui avait hérité le sourire de son frère. Le fait que ses muscles tremblaient constamment, ce qui se terminait même souvent par des crampes, était dû à une maladie avec laquelle elle était venue au monde et qui est devenue de plus en plus évidente au cours des années. Marlène vivait toujours dans la maison où sa mère avait depuis déménagé quand elle a découvert que son mari Philippe se déguisait parfois en femme et sortait tard le soir. C'était une inclination ludique, mais elle ne pouvait pas le tolérer, au lieu de cela, elle a réagi offensée, bien que Philippe l'aimât, comme il l'affirmait et que cela n'était qu'une inclination.

La fille Marlene était d'une nature joyeuse et surtout exubérante, mais en raison de ses crises et des tremblements musculaires constants, beaucoup de choses se sont cassées dans la maisonnée. Mais Dieu merci, elle n'a pas entendu comment sa mère Madelaine s'est plainte d'elle et avait souvent plaidé pour qu'elle soit donnée à une maison où vivaient les deux amies handicapées, qui étaient venus à son anniversaire avec un service de transport. Madelaine n'était pas apparue, car elle était fatiguée des anniversaires de sa fille, qui n'avaient donné que de travail. Elle aimait sa fille comme elle le prétendait, mais Marlene lui était étrangère à cause du trouble de mouvement et du fait qu'elle n'entendait pas et ne parlait pas. Elle ne savait pas comment la traiter et communiquer avec elle, alors elle avait trouvé qu'il valait mieux que sa fille aille dans un établissement après l'école où tout était pris en charge. Mais Philippe a résisté, il travaillait et n'avait la fille que le soir sur son cou, comme sa femme l'a dit avec injure, et même alors, il se cachait assez souvent derrière ses nuages de fumée et se plaignait de sa journée épuisante en tant que pédagogue social qu'il avait déjà dû écouter les inquiétudes de nombreuses familles. Madelaine savait que ce n'était pas facile dans le soutien familial, mais d'ignorer ce qui se passait dans sa propre famille et de ne pas la soutenir, de penser ramener l'argent à la maison suffirait, elle le sentait comme une négligence grossière et au-delà comme une humiliation.

Marlene idolâtrait son père, ce qui semblait le calmer et lui faire croire que tout allait bien. Lorsque sa femme l'a quitté, il a embauché une connaissance au chômage qui s'occupait de Marlene pendant la journée, mais elle était bientôt épuisée et s'en allait à son tour. Philippe s'est rendu compte qu'il devrait donner Marlene à un établissement optimal pour elle. Mais sa femme ne reviendrait pas, car la relation était détruite. Il était trop tard. Ce sont là de tristes développements.

Tony fut surpris, car il n'avait pas vu son frère fumer une seule cigarette ce soir-là. Mais cela s'éclaircit à l'adieu, car Philippe l'informa qu'il avait un cancer et lui tendit en même temps une grande boîte en carton « de l'enfance » comme il disait, avant de fermer rapidement la porte pour s'épargner les expressions de pitié de Tony.

# Tony

À la maison, Tony ouvrit la boîte et avec des sentiments nostalgiques prit le train avec lequel son frère et lui en tant qu'enfants avaient joué. Il l'a construit complètement, a utilisé la grande table basse, car sa femme Monique avait temporairement emménagé chez sa sœur parce que les problèmes familiaux de Tony, voire les catastrophes les plus pires, étaient devenus trop pour elle, ce qu'il comprenait bien. Il tira une chaise, s'assit et regarda les trains rouler, tourner en rond et tout droit. Il se souvenait des villes où ils se rendaient à l'époque. Ce serait peut-être le moment, pensa-t-il, de monter à bord d'un vrai train. Il est donc arrivé que le lendemain, il ait acheté un billet pour Saint-Pétersbourg. Il avait choisi cette ville parce qu'il avait trouvé le volume de poésie d'Anna Akhmatova chez sa mère après sa mort et qu'il en avait lui-même été touché lorsqu'il a lu :

« Mais le fils ne reconnaît pas sa mère,
Le petit-fils se détourne en pleurant,
Et les têtes s'inclinent plus bas,
La lune oscille comme un balancier,
Et bien, voilà quel silence s'abat,
Aujourd'hui sur Paris occupé. »


De plus, il avait récemment lu un article de journal relatant un livre que l'amie Nadejda Mandelstam avait écrit sur Anna Akhmatova qui est née en 1889 près d'Odessa mais déjà un an après la famille allait vivre à St. Petersburg (de 1924-1991 Leningrad) pendant 16 ans. Anna passait sa dernière année au lycée de Kiev. Elle aimait toujours St. Petersburg.
En particulier, Tony n'avait pas lâché le dialogue cité des amies dans la revue, dans lequel il était question de la peur que seule la peur rende les gens humains.

« De tout ce que nous avons connu, le plus fondamental et le plus fort, c'est la peur et son dérivé, commence Nadejda Mandelstam dans les inoubliables premières pages. Un abject sentiment de honte et de totale impuissance.» Peur des bruits des bottes, « des corbeaux noirs » et des coups de sonnette nocturnes. Peur des autres, mais aussi de soi-même, lorsque, sous la contrainte, on ne répond plus rien. Peur enfin de ne plus avoir peur, car, paradoxalement, seule la peur faisait de nous des êtres humains, à condition qu'elle n'entraîne pas une vile lâcheté », note Anna Akhmatova, c'est pourquoi elle redoutait plus que tout « les gens qui ne connaissent pas la peur. "

(Le Monde Dossier 13.12.19)


Tony connaissait aussi la peur, mais la considérait invisible pour les autres, seulement dans les phases dépressives, il ne pouvait pas la réprimer complètement. Mais c'était vrai, surtout quand il sentait sa peur, il sentait qu'il existait dans le présent et en même temps il sentait un terrain primordial profond, sombre et caché.

## Mireille

Il pensa à sa sœur Mireille, qui s'était brûlée avec sa mère. Il avait vu un tableau bleu foncé qu'elle avait peint dans son appartement maintenant abandonné, il ne savait pas si c'était son dernier. Cela l'avait profondément ému, comme si la couleur bleu sombre se balançait, était vivante, les autres couleurs rouge, jaune, vert, blanc avaient aussi un éclat, mais surtout ce bleu énigmatique l'attirait. Il l'associait à une profonde tristesse et à la dépression, voire à sa propre dépression. Peut-être que Mireille était aussi sujette à la dépression, parce qu'elle avait eu des moments difficiles dans sa vie. Pour autant qu'il le sache, elle avait été violée à l'âge de 12 ans, enlevée dans un endroit éloigné et était longtemps introuvable. Personne n'a parlé de l'incident, Tony avait « l'incident » découvert par hasard lorsqu'il a entendu une conversation. Ce n'était pas un incident, c'était un crime, mais personne ne voulait le voir de cette façon, alors cela a été traité comme un incident sans importance.

Sa sœur Mireille était restée très cachée, elle avait rompu tôt non seulement avec la famille, mais aussi avec d'autres personnes, car selon l'opinion unanime, elle ne montrait ni adaptabilité ni coopération et se retirait du courant dominant de toutes ses forces. Elle avait également échoué dans sa profession de comptable et est devenue une préretraitée, parce qu'elle avait développé des délires, par exemple voyait elle un corbillard dans la voiture noire d'un collègue, dans l'écharpe rouge d'un autre une traînée de sang qui courait autour de son cou, de sa fenêtre elle a regardé la tour haute et a imaginé de sauter de là, mais la pire des choses étaient probablement les voix, qui lui rendaient visite périodiquement et voulaient la forcer à commettre des actes dangereux. Elle est immédiatement allée voir son psychiatre à chaque fois que les voix la tourmentaient pour qu'elle puisse être aidée avec des médicaments. Dans les longues pauses, qui pouvait durer deux ans, pendant qu'elle se reposait, elle peignait sans cesse, tout son appartement était plein de toiles. Elle parlait aux couleurs et comprenait sa peinture comme une nécessité physique et mentale. Elle n'approchait d'autres personnes que lorsque c'était indispensable et ne permettait à personne de l'approcher, notamment des hommes.

Mais une correspondance enthousiaste s'est développée avec un étranger, dont elle avait découvert l'annonce par accident, l'homme ne cherchait rien de plus qu'une simple correspondante. Il était étranger et elle parlait sa langue, c'est pourquoi elle s'attendait à un double plaisir. Cette correspondance, un échange d'émail, a dépassé le niveau normal et l'a inspirée des fantasmes érotiques. Ne se connaissant pas, ils se désinhibaient dans leur langage pictural pour décrire leur désir. Il a cherché son diamant rose entre ses lèvres de sa vulve, et elle l'a aidé. Elle lui a écrit que son petit sexe était à son entrée quand elle s'est réveillée et il a répondu qu'il avait frappé à sa porte et elle a écrit qu'il devrait entrer mais la lécher à l'avance et il a répondu qu'il la lécherait, aspirerait son clitoris qui devenait plus grand et rouge. Et ainsi de suite. Elle lui a décrit ses sous-vêtements, qu'elle avait achetés spécialement pour lui, qu'elle ne rencontrerait jamais, et dont elle a pris des photos déjà dans le vestiaire, d'où elle les a envoyés, mais toujours sans son visage et aussi toutes les photos suivantes qu'ils s'envoyaient étaient toujours faites sans visage pour se sentir protégés. Il lui envoyait des photos dont il n'avait jamais rêvé d'envoyer sur Internet, mais ils avaient décidé, après en avoir profité, de les supprimer immédiatement. Ils s'exposaient de plus en plus pour leurs photos, jusqu'à ce qu'elle lui envoie une photo de son vagin ouvert avec son clitoris levé. Il lui avait fallu presque une heure pour obtenir une si belle photo de lui, ils en étaient ravis et appréciaient la vue et les sentiments déclenchés. Ils pouvaient entendre intérieurement leurs cris de plaisir même s'ils ne pouvaient pas les entendre à l'extérieur. Pour sa part, elle n'aurait jamais pu prendre autant de liberté dans sa langue maternelle que dans la langue étrangère, dans laquelle elle éprouvait encore de la distance à tous les fantasmes illimités et se sentait comme dans une cachette protectrice. Le niveau émotionnel s'était également développé dans leur échange. Ils pensaient qu'ils s'aimaient avec toutes les garnitures et ont fait un serment d'allégeance pour la vie. Mais cela tenait probablement particulièrement Mireille à cœur. Dès qu'elle a eu le sentiment que l'amour de son « amant » déclinait, elle a perdu tout intérêt pour leurs courriers érotiques, elle a été offensée et s'est retirée. L'échange avait ses pièges, comme dans la vraie vie, et parfois leur relation était menacée de fin finale si elle exigeait trop de vœux d'amour. La fin approchait à grands pas puisqu'ils avaient brisé le tabou de se voir une fois et qu'ils étaient allés directement au lit. Elle se confiait de plus en plus à son journal afin de repousser les voix qui sentaient l'air du matin pour eux-mêmes. Mireille affaiblie par le rejet latent et de plus en plus ouvert de son partenaire amoureux, les voix se réjouissaient et voyaient dans l'affaiblissement une nourriture trouvée. Les voix l'ont submergée et l'une d'elles est devenue dangereusement intrusive, mais Mireille, qui n'avait pas encore abandonné sa relation avec Pierre, ne la considérait pas encore comme perdue, ne prenait pas la voix intrusive assez au sérieux comme d'habitude et ne cherchait pas son médecin, car elle sentait que ce que la voix exigeait d'elle ne pouvait pas être pris au sérieux. Elle a minimisé la voix, qui lui soufflait de brûler sa mère et elle-même. Elle entra dans un dialogue avec la voix, dans lequel elle ridiculisait cette voix, voulait même y mettre un terme, la détruire. Mais comment voulait-elle faire cela ? Elle prouverait à la voix qu'elle ne valait rien. Elle irait chez sa mère, puis la voix verrait déjà qu'elle était forte et n'accomplissait pas sa volonté, ce qui exposerait la voix au ridicule et celle-ci n'aurait que l'occasion de se sortir de la poussière.

Quand elle est arrivée après une longue marche, elle a fait le tour de la maison de sa mère et a trouvé la porte de la terrasse ouverte. Elle est entrée dans le salon sans se faire remarquer. La mère presque aveugle s'était apparemment endormie dans le fauteuil, elle était enveloppée dans une couverture, la tête s'était inclinée sur le côté. La vue de la mère de plus de quatre-vingt-dix ans la fit frissonner légèrement, comme si elle voyait et sentait en elle la mère froide d'autrefois. Pendant un moment, elle sentit la colère monter, une ruée vers la chaleur qui obscurcissait son esprit et elle pensait qu'elle perdrait conscience. Elle s'est détournée pour éviter d'avoir à regarder sa mère, puis est allée silencieusement à la cuisine, où elle a trouvé tout ce dont elle avait besoin. Il s'agissait de simples allumettes avec lesquelles elle allumait pas à pas tout ce qui était combustible, en particulier les couvertures, les oreillers, les vêtements, les tapis... Elle avait depuis longtemps cessé de penser à la voix, parce qu'elle avait été submergée par sa haine de sa mère, qui l'avait laissée mal aimée. Elle a sombré dans ses actions paniquées, qui se sont déroulées mécaniquement. Elle a vu les flammes s'élever, les a regardées comme des enfants qui regardent quelque chose de lumineux avec fascination. Elle n'était pas non plus dérangée par l'odeur, la fumée qui se développait, car elle était piégée par un grand sort comme dans un autre monde. Même quand elle entendait la toux de la mère et la sienne, elle était toujours complètement enchantée comme un enfant absorbé par la vue d'un étincelant. Mais ensuite, les flammes sont devenues encore plus grandes, capturant ses vêtements, son corps, ses cheveux, étouffant ses cris et ceux de sa mère, qui était déjà tombée de sa chaise. Les pompiers, que les voisins avaient appelés, sont arrivés trop tard pour sauver la vie de la mère et de la fille, seuls certains meubles sont restés intactes, quelques livres, documents et coupures de journaux.

Tony a arbitrairement pris une coupure de journal, une interview de Jaques Bloch sur Buchenwald dans Le Monde le 7.1.20. Bloch a dû regarder en 1944 comme « ... un officier a déchiré l'enfant, un nouveau-né, hors des bras de la mère, l'a jeté en l'air et alors qu'il tombait à nouveau, il l'a abattu ..... ». Rempli d'horreur, Tony a laissé tomber l'article de journal, qui faisait deux pages. La mère était presque aveugle, alors elle n'aurait pas pu lire le rapport elle-même. Marie-Louise avait-elle été la lectrice ? Et pourquoi ? Cela doit avoir été fait à la demande de la mère. Elle avait vécu cette période.

L'album photo, d'où était tombée la photo de la mère aux cheveux rasés, qui traversait la ville avec d'autres femmes, avait également été partiellement conservée. La photo était même toujours sur le sol et qu'il a ensuite remise dans l'album photo comme il l'a déjà fait quand il l'a trouvée sur le sol après le départ de sa sœur Marie-Louise, il en avait parlé à sa mère. Elle lui avait dit que sa sœur avait déjà cru que c'était elle sur la photo, mais c'était sa sœur jumelle Renée. Tony n'a pas fait d'histoires à ce sujet et avait remis la photo en place. Alors la photo était retombée, comme si elle voulait être perçue. Mais Tony s'est dit que peu importait qui était sur la photo. Même si c'était sa mère, les temps étaient révolus une fois pour toutes. Il était plus important de prendre soin des vivants. Mais maintenant, il devrait d'abord s'occuper des morts, car il devait enterrer les deux, mère et fille.


Il sentit le journal de Mireille dans la poche de sa veste, qu'il avait branchée lors de sa visite de son appartement.
Il y avait des inscriptions comme « Le développement d'une image », « Hallucinations », « Philippe », « Pierre », « les voix ».
Les entrées du journal ne concernaient que la période pendant laquelle elle avait travaillé sur une image particulière. Tony ne l'avait pas découvert lors de sa tournée dans l'appart de Mireille, mais il se trouvait peut-être derrière

une autre image de la même taille de 1,40 x 1,50m, elle avait collé une photo de la toile dans son journal, donc il la trouverait certainement.

## Le journal de Mireille

Mes « Hallucinations (10) »,
Mon frère « Philippe (1) »,
Mon amant « Pierre (6) »
Ma peinture « l'image (10) »
Mes voix (3)

L'image 1

Elle a photographié le grand tableau, qu'elle venait de repeindre en blanc, une partie était déjà blanche. En même temps elle a écouté un concerto pour piano d'Antonin Dvorak à la radio. Elle a réfléchi au temps qu'il lui faudrait pour finir le tableau. Cela pouvait prendre des jours, des mois ou même des années. La toile qu'elle venait de blanchir avait déjà été peinte, maintenant elle a repris le travail après des années, bien qu'elle ait pensé qu'elle était terminée à l'époque, mais la toile était extrêmement sombre et la menaçait constamment, même si l'image elle-même était bonne.

Le matin vers 7h30, elle appliqua le dernier tiers de blanc sur la grande toile. Pourquoi avait-elle une telle soif de blanc ? C'était le terrain primordial sur lequel tout était construit. Cependant, il n'était pas toujours nécessaire qu'il en soit ainsi, car avec la prochaine grande toile qu'elle voulait repeindre après des années, elle ne ferait pas disparaître le résultat précédent, mais il devrait servir de fond et peut-être scintiller ici et là.

Dit et fait. Elle a d'abord rangé la toile, qui était maintenant entièrement peinte en blanc, elle devait sécher avant qu'elle puisse continuer et s'est alors cependant elle se consacrerait à la toile, qu'elle ne voulait pas repeindre avec du blanc, mais utiliser comme point de départ, comme arrière-plan.

Elle peignait beaucoup, avait calmé les couleurs appliquées et trop fortes et couvrait également les espaces libres de peinture.

La nuit, elle se levait et mettait du rouge rafraîchissant sur les couleurs douces à certains endroits, elles étaient trop pâles. Elle continuait et continuait à appliquer des couleurs vives, faisant quelque chose de bien non seulement pour la toile mais aussi pour elle-même.

Surtout, les couleurs étaient importantes et proches de son cœur, qui devaient s'épanouir dans sa peinture. Avec eux, l'espoir lui revint. Elle sentait de l'espoir dans son cœur.

Elle avait enrichi l'image avec des couleurs fortes, elle l'aimait, c'était exceptionnellement beau, car elle avait laissé aussi de la place pour respirer entre les couleurs. Dans les peintures précédentes, cet espace libre n'était pas donné, chaque place avait été occupée, c'était plein sur la toile, et aussi parfois une couche de peinture recouvrait tout.


Hallucination 1
Petite fille qui pleure


Il y avait une petite fille pleurante qu'elle rencontrait toujours au même endroit jusqu'à ce qu'elle l'emmène avec elle et l'élève. Mais au moins deux fois par jour, la fille a eu une crampe en pleurs et s'est enfuie vers elle. Comme elle ne parlait pas, la femme n'a rien appris de sa vie antérieure. Quoi qu'elle ait fait pour la distraire et stabiliser, cela n'entraînait aucun changement dans son comportement. Même adolescente et adulte, elle est restée à la merci de ces crises de larmes soudaines qui l'ont poussée dans ses bras pour se réfugier.
Pourtant un jour, c'est arrivé qu'elle gratte la terre dans le jardin à mains nues, avec persévérance en creusant toujours un peu plus profondément jusqu'à ce que de petits os soient révélés. Elle avait découvert le squelette d'une petite fille. La femme lui a donné une boîte en

carton dans laquelle la fille devenue femme a mis les os, elle les a portés à la cuisine, où elle les a nettoyés, puis a écrit son histoire sur papier, parce qu'elle avait appris l'écriture au fil des longues années. Les deux femmes ont acheté un petit pommier, qu'elles ont planté dans le trou, elles ont mis les os sur et autour les racines. À Chaque fois que la fille adulte sentait le traumatisme la toucher, elle sortait vers le pommier.

Hallucination 2
Frida Kahlo aux cheveux courts

Elle vit Frida Kahlo assise sur la chaise en pantalon d'homme, dans sa main les ciseaux avec lesquels elle s'était coupé les cheveux.

L'image 2

Elle a repris la peinture sur le tableau, même s'il était déjà tard, 23h00, mais elle avait le sentiment que le rouge et le vert ne lui plaisaient plus et l'inquiétaient. Elle a opté pour un ton brun moyen, ocre foncé. Aussi pour le gris inhabituel, puisqu'elle avait déjà choisi des couleurs fraîches. C'était un travail long, mais elle était toujours motivée pour le faire. En fin de compte, elle a ajouté quelques couleurs plus sombres, a choisi le violet foncé, qui se rapprochait déjà d'un bleu foncé et d'un noir, mais portait encore le scintillement du violet foncé dans l'image.

Elle avait fait pivoter l'image de sorte que maintenant toutes les lignes étaient horizontales. C'était devenu une image incroyablement vivante, on pourrait aussi penser à une forte houle, à des vagues qui apportaient quelque chose avec elles.

Elle avait de nouveau pivoté l'image et avec la spatule métallique, elle a gratté la peinture qui lui semblait soudainement trop épaisse. La toile était devenue trop encombrée, trop de couleurs les unes sur les autres, les unes à côté des autres, et les mouvements des vagues provoquaient des vertiges, et comme si les vagues voulaient tout balayer dans une direction.

Elle s'est sentie submergée, alors elle a tout descendu avec la spatule métallique tant que possible. Une image très attrayante est apparue comme si elle était derrière un voile, mais elle n'aimait pas vraiment ça non plus.

Elle soupira et recommença à zéro. Elle voulait appliquer du blanc. Cependant, elle a été surprise qu'elle ait déjà utilisé tout le grand tube de blanc et la veille de Noël tous les magasins étaient fermés et aussi le 1er et le 2ème jour de Noël, elle a donc dû reprendre les couleurs. Elle voulait peindre des taches colorées sur la surface « nettoyée », avec une spatule d'environ 5 centimètres de large et de long. Les couleurs n'étaient pas comme elle les aurait aimés, elle a donc ajouté un peu d'orange-jaune qui adoucissait le rouge. Le bleu vif était en fait trop fort pour elle, mais si elle l'atténuait, l'image s'estomperait trop, d'autant plus que le jaune et le vert étaient plutôt pâles.
Pour le rose, la couleur, qu'elle ne voulait pas manquer, elle avait à sa disposition une « rose persane », qui était un rose un peu mat. Elle aurait pu le mélanger, mais cela serait devenu trop intense. Elle a étalé la couleur rose sans rien ajouter et aussi le jaune népalais. Cela semblait beaucoup, mais il y avait encore de la place pour respirer sur la grande zone entre les deux, elle s'est abstenue de remplir les espaces libres avec de la peinture. En fait, elle a trouvé très agréable qu'une partie du fond scintille dans les interstices, parfois aussi des

accumulations de peinture rayée. Une image très mystérieuse est apparue.

Elle a peint à nouveau sur le tableau qu'elle avait cru terminée et encore une fois non.
Le blanc-gris entre les taches de couleur était pour elle comme la glace gelée d'un lac dans lequel on pouvait entrer par effraction et donc elle s'est demandée si elle ne devrait pas remplir ces zones intermédiaires avec des couleurs de terre.

C'était vraiment difficile avec l'image, qui avait déjà parcouru un long chemin. Elle mettait du jaune citron, qui était déjà présent à certains endroits, et elle utilisait la couleur chair. Enfin, elle est allée avec du rouge doux sur les taches les plus fortes de couleur rouge, puis avec du rose permanent, et elle a mélangé cela avec du blanc, de sorte qu'un rose intense et un rose plus faible ont émergés. Mais n'était-ce pas devenu trop ? Elle a dû laisser les choses de cette façon et attendre un peu.

Elle avait peint encore et encore, changé le tableau encore et encore. Elle se levait à nouveau la nuit pour appliquer le rose en permanence sombre, avec parcimonie, dans les taches jaunes. Cela a rendu les choses passionnantes.

Pendant la journée, elle avait créé des taches blanches et peint à nouveau sur le jaune citron et de toute façon elle a dû abolir le rose agressif de toute urgence, il a disparu sous les endroits verts et bleus, qu'elle a élargis. Mais le vert clair était devenu un vert olive, elle devait changer cela, peindre dessus, si c'était encore possible, parce qu'il y avait déjà tellement d'huile sur la toile, et elle devrait encore agrandir les endroits sombres et ceux de roses en permanence, qui étaient très étroits et pas aussi vastes que les autres couleurs qui se répandaient.


Hallucination 3
Frida Kahlo en corset


Elle avait déjà parlé de Frida Kahlo, qu'elle avait vue à sa gauche, assise avec des cheveux rasés et un pantalon et maintenant debout dans un sous-vêtement blanc avec le corset, le bâton dans le dos.

Hallucination 4
Vieille Sorcière

Elle a vu une vieille « sorcière », une femme sans abri, vieille, négligée qui avait une pomme empoisonnée qu'elle voulait donner, comme dans le conte de fées, à une jeune femme qui était encore belle, afin de vaincre sa jalousie, parce que la pomme était empoisonnée et tuerait la jeune et belle femme. Elle croyait que c'était ainsi qu'elle surmonterait sa jalousie, son envie et son ressentiment, mais elle avait tort, car les sentiments restaient en elle, que la jeune femme soit morte ou vivante.

L'image 3

Elle avait terminé sa grande peinture à l'huile. En tout cas, elle avait le sentiment que c'était bon maintenant, bien qu'un peu étrange à cause de la coloration. Le vert était très vif. C'était bien qu'elle reconnaisse à nouveau de nombreuses figures différentes, toujours dans de nouvelles formations, si d'autres les voyaient aussi, elle en doutait.

C'était une image tout à fait abstraite, très ordonnée dans le chaos. Elle trouvait l'image érotique à travers les coups de pinceau d'un centimètre de large, sombres et roses en permanence sur le jaune et le brun. En termes de superficie, le bleu et le vert occupaient les plus grandes surfaces, puis vinrent le jaune, le blanc et le brun et enfin le rose permanente. Elle devrait peut-être peindre sur le bleu. Elle a également flirté avec l'adaptation des autres nuances de rouge, mais l'image perdrait le smug, l'espiègle, le coquet, l'érotique, le ludique.

La peinture n'était pas encore terminée. Dans la nuit blanche, elle a pensé aux grandes zones de bleu et de vert et a décidé de leurs donner un bleu clair ainsi qu'un bleu foncé. La même chose avec le vert, elle donnerait toujours des places au vert clair et au vert foncé. Et même le blanc, le noir et le rouge foncé, un rouge moyen et clair et orange !


Hallucination 5
Femme avec des roses


Après l'hallucination de l'enfant pleureur, celle de Frida Kahlo et celle de la vieille femme envieuse qui voulait empoisonner une jeune femme avec une pomme, elle vit une jeune femme avec un panier plein de roses rouge foncé et un homme se penchant vers elle, qui était assise sur la terre, acceptant la rose qu'il lui tendait et tirant la vendeuse par la main en même temps. Il était vêtu tout en blanc. Elle avait les cheveux noirs et épais. Ils sont partis, quand elle est revenue, les roses étaient noires comme du sang épais et noir. Elle était triste et malheureuse.


L'image 4


La situation sur la toile est devenue de plus en plus mauvaise. Trop de structure au point où ça fait mal. Les couleurs n'étaient plus belles, elle en avait mis trop les unes sur les autres et ce n'était pas encore fini, il se pourrait qu'elle voie que ça n'était pas bon du tout, puis elle la détruirait, mais avant cela, elle devait la finir, aller jusqu'au bout.
.
Elle peignait le tableau depuis longtemps, peignait du vert clair sur le vert moyen et du vert foncé et du bleu clair sur le bleu moyen. Il en résultait des formes qui lui rappelaient Henry Matisse, les légères courbes des figures, les

courbes, mais elle se souvenait aussi de ses propres images antérieures, dans lesquelles les formes étaient ludiques et dansantes avec beaucoup de courbes. Cependant, les formes qu'elle peignait maintenant étaient plus compactes, plus plates, elle aimait ça, mais les couleurs étaient trop vives. Aujourd'hui, elle ajouterait des formes rouges, même violet et rose, mais retenues.
Seulement le bleu foncé qu'elle n'avait pas appliqué comme elle l'avait prévu, il la rendait déprimée, plus que le noir, le noir était neutre et clair, avait son poids et son visage lourd, meurtrier et mortel, mais rappelait aussi la confiance en la Terre Mère.

Maintenant, l'image était vraiment faite. Elle aimait particulièrement le bleu clair et les petites taches roses. Elle a renoncé au bleu foncé, ce qui rendrait l'image sombre, la détruirait.

Elle continuerait à peindre le tableau et à enlever à nouveau le vert foncé, celui en particulier, puis le violet foncé et aussi le rouge. Le blanc et le jaune citron entreraient probablement en jeu.
Elle a beaucoup souffert avec l'image, parce que tout cela était intérieurement en elle, l'application et le retrait, le va-et-vient, la

détermination et l'inconstant, le cassé et le solide. En fin de compte, elle était malheureuse, mais continuait à se relever.

Hier, elle avait de nouveau travaillé sur la peinture pendant la journée et le soir. Au début, le rouge a été effacé avec du blanc, mais comme le rouge se mélangeait encore un peu avec le blanc, un rose clair et très vif a été créé. Puis elle est allée sur le vert foncé avec du vert clair. Enfin, avec le vert clair sur le violet, une couleur plutôt sale a été créée. Maintenant, tout devait sécher pendant deux ou trois jours avant qu'elle puisse peindre sur la peinture sale.

    L'impression actuelle de l'image qui était devenue pastel, à l'exception des chemins bruns qui portaient le tout, comme la terre porte le ciel, le monde et le soleil, était positive par rapport à la version précédente. Elle semblait plus harmonieuse, plus calme, plus pacifié, mais si on regardait de près, bien sûr, il y avait encore beaucoup d'agitation à ressentir, une tension.

Tout ce qu'elle a emporté en couleurs était bon pour elle, c'est-à-dire qu'elle n'est pas allée complètement dans l'incolore, mais elle a enlevé le cri, le direct, le défi. Elle ne pouvait pas le supporter, même le rose lui avait semblé agressif, elle le couvrait d'un ton beige.

Ensuite, elle voulait appliquer du blanc et peut-être une orange douce si elle pouvait obtenir le bon mélange.


Hallucination 6
La Chèvre


Elle était assise vêtue de haillons sur le bord de la route avec des cheveux hirsutes, peut-être qu'elle mangeait quelque chose. De la forêt, un vieil homme émergea, appuyé sur un bâton semblant épuisé, gris sur le visage avec des cheveux hirsutes. Il la regarda et elle le regarda. Il boitait vers elle puis se transforma en chèvre qui s'installa à côté d'elle, mit sa tête sur ses genoux et commença à la lécher. D'un coup elle a crié le nom de son amant. À ce moment-là, comme dans un conte de fées, la chèvre est devenue son amant dans son ancienne fraîcheur. Il a dit qu'il la cherchait depuis longtemps et qu'il était heureux qu'elle l'ait reconnu.

Quelles images ringardes, qui portaient toutes le besoin de vérité, de pureté, d'amour pur.

L'image 5

Elle appliquait du blanc, comme elle l'avait voulu dans certains endroits, ce qui donnait une lumière inconditionnelle. C'était vraiment important de passer d'un monde à l'autre et inversement, de ce monde à l'au-delà et de l'au-delà à ce monde.
Une orange douce suivrait, de sorte qu'elle devrait toujours choisir les endroits judicieusement.

L'image était erronée. Elle l'avait calmée avec du beige, mais c'était un peu boiteux, incolore et il fallait que cela ramène un peu de vie. Elle pensa à l'orange douce. Mais leur mélange a donné un ton de couleur saumon qui avait une touche rose. Mais c'était tellement intrusif qu'elle a emporté toute la peinture. Elle était tellement frustrée qu'elle était sur le point d'abandonner et de détruire la toile parce qu'elle ne pouvait tout simplement pas trouver le ton. Elle était désespérée.

Elle a repris la recherche de la couleur qui s'inscrivait dans l'image, qui devrait l'animer. Elle a mélangé à nouveau avec du blanc, de sorte qu'une teinte très claire a été créé.
La plupart du temps, elle peint sans musique, mais cette fois-ci elle allume la radio où ils diffusaient l'opéra la Traviata de Verdi en direct du Met à New York. La Polonaise Aleksandra Kurzak, qui a chanté Violetta, a raconté avant et pendant la pause qu'elle avait grandi avec cette figure de Violetta, parce que sa mère la chantait sans arrêt quand elle était encore enfant, elle a grandi dans et avec ce rôle. C'était son premier opéra, qu'elle entendit dans son intégralité.
La teinte pâle harmonisait bien avec le bleu clair et le vert clair et le blanc, à son avis, mais tout n'apparaîtrait que plus tard. Elle devrait également renouveler le jaune citron, le vert clair à certains endroits, et elle s'est demandé si elle ne devait pas encore appliquer une nuance de lilas délicate à certains endroits.

Elle osait franchir le pas et a appliqué le violet vif. Elle avait l'impression que cette couleur était psychologiquement importante pour elle, mais si c'était aussi bon pour l'image, elle ne le savait pas encore. Les endroits blancs sont devenus moins nombreux alors qu'elle en remplissait beaucoup de violet.

En attendant, elle n'était plus satisfaite de la teinte approchant le rose, mais ne savait pas non plus par quel ton le remplacer. Elle pensait à son chemisier rose, mais il était léger, et elle ne pouvait pas reproduire cette lumière dans son rose peint.

Elle a photographié l'image avec le violet et, quand elle a regardé l'image, elle a vu que le violet harmonisait bien avec le jaune indien, qui jusqu'à présent prenait peu de place, bien que le ton le plus chaud de l'image. C'est pourquoi elle a osé remplir quelques taches étroites avec le jaune.

Il était tard, elle devait reporter les travaux à demain, mais elle remplacerait probablement le jaune citron par le jaune indien et verrait s'il apportait suffisamment de chaleur à l'image au rose froid, au violet clair, au vert clair et au bleu clair.

Après avoir remplacé le jaune citron par du jaune indien à plusieurs endroits, l'image n'avait toujours pas assez de chaleur et elle a

mélangé le jaune avec du rouge pour créer une nuance de rouge douce et réchauffant. Quand elle l'avait appliqué, elle était presque satisfaite. En tout cas, avec la nuance douce et réchauffant du rouge, elle se sentait comme dans sa propre peau, il lui rappelait sa jeunesse.
Mais peu après, la teinte ne convenait plus. Elle était trop visible avec ses grandes surfaces, alors elle s'est demandée si elle devait affaiblir encore plus le ton rouge, l'adoucir.

Quoi qu'il en soit, elle devrait maintenant attendre que le rose soit complètement séché pour peindre dessus avec une nouvelle couleur. Il lui fallait donc de la patience, ce qui n'était pas sa force, et souvent dans ces phases d'attentes, les voix avançaient et devenaient plus fortes. Elle ne pouvait les apaiser qu'avec sa peinture, dans l'acte de peindre elle pouvait les refouler.

C'est devenu un orange-rouge doux, qui était bien sûr quelque chose de différent du rose délicat, lequel ne savait pas où aller. Ce n'était pas un vrai rose, mais une teinte comme le rose, il n'était pas vraiment présent, ce qui pourrait aussi être dû au fait qu'elle l'avait affaibli avec beaucoup de blanc.
L'orange-rouge, qui était maintenant expansif, à part du bleu clair, était présent, mais pas

désagréable. Ce n'est que maintenant que le vert très brillant ne convient plus. Il y avait trois nuances différentes de vert, graduées de l'obscurité à la lumière et le vert le plus brillant n'était plus acceptable en combinaison avec l'orange-rouge.

La nuit, elle a réfléchi à la couleur par laquelle elle pourrait le remplacer, il ne restait en fait que du blanc. Ce seraient les couleurs de la France, pas tout à fait, parce que l'orange-rouge n'était pas rouge et le bleu clair n'était pas bleu foncé et de plus il y avait aussi des rayures de brun, vert foncé et bleu foncé dans son image, sans oublier le violet.

Hier soir, en attendant une réponse de son amant, elle s'est relevée du lit et est allée au chevalet, remplaçant les endroits déjà séchés, vert clair et violet clair par du blanc, ce qui était une guérison, mais peut-être aussi une maladie. Le blanc était une couleur compliquée, mais dans son cas, il donnait beaucoup de lumière et harmonisait avec l'orange doux et le bleu clair et les rayures clairsemées de vert foncé, bleu foncé et brun foncé.

Le tableau n'était pas terminé, parce que l'inhalation de la peinture à l'huile est devenue un problème malgré les fenêtres ouvertes et demandait une pause. Au problème s'ajoutait le fait que c'étaient des couleurs d'un matériau inférieur.

Pierre

Elle avait écrit une lettre de colère à son amant Pierre, qu'elle avait rencontré une fois, disant qu'elle était heureuse que la pénétration n'ait pas fonctionné, parce que son corps, qui avait refusé de s'ouvrir, avait probablement inconsciemment compris qu'il ne l'aimait pas, mais ne cherchait que son plaisir. Les fois où il lui avait dit par mail qu'il l'aimait ont été un mensonge, il l'avait seulement dit pour ne pas la perdre, pour ne pas être privé de son plaisir. Elle ne voulait pas le revoir, que ce soit dans la vraie vie ou par courriel. Canaille !

L'image 6

Hier, elle avait de nouveau peint avec ses doigts endoloris. Dans la journée elle devrait s'occuper de l'autre grande image. Beaucoup de blanc était sur l'image, cela lui semblait trop, froid et répulsif, dur, tout à fait comme elle ne

le voulait pas, mais elle avait dû l'appliquer, parce que le blanc était la base de tout.
Ses mains lui faisaient mal, les poignets ainsi que les doigts.
Elle n'avait vraiment aucune idée de ce qui allait se passer. Bleu foncé ? Ou même plusieurs couleurs ? Cela ne lui semblait pas la pire des choses dans sa confusion. Une tache grise ? Si elle ne trouvait pas la bonne couleur, cela pourrait aller infiniment plus loin, ce qui n'était vraiment plus amusant. Ou devrait-elle peindre le tableau entier dans cette orange douce ? Peut-être était-ce le plus harmonieux ?


Philippe


Son frère Philippe, qui souffrait d'un cancer et qu'elle ne voyait pour prendre un café qu'une fois par an, parce qu'il ne vivait pas au coin de la rue, mais loin, et avec qui elle n'avait pas vraiment une relation très amicale, l'a invitée à la fête d'anniversaire de sa fille handicapée, ce qu'elle a refusé, contrairement à Tony, qui semblait avoir une relation neutre avec tous les frères et sœurs. Mais via WhatsApp, elle écrivait à Philippe de temps en temps.

Cette fois, il a écrit qu'il ne sentait aucune douleur, qu'il n'en avait jamais senti, qu'il essaierait de reprendre des forces après les trois chimiothérapies et transfusions sanguines qui ont duré plusieurs jours, car le mois prochain, son opération était prévue. Il avait rechuté de manière inattendue, sa circulation s'était effondrée deux fois et il avait des selles noires. Sa tumeur avait saigné. Son cœur jouait fou. Mais il était de retour chez lui et faisait le plein pour l'opération.

Mireille a été choquée par ce qu'il traversait et lui a immédiatement écrit une réponse aimante, encourageante et réconfortante.



Hallucination 7
Pierre comme figure en carton et en tant que double gourou


Dans son hallucination, elle a vu son amant Pierre comme une figure en carton debout à plat comme une carte postale dans un support en bois sur le bureau. La figurine en carton pouvait être déplacée d'avant en arrière, c'était inutile et elle l'a sortie du support, l'a placée avec d'autres papiers destinés aux vieux papiers.

Elle était soulagée, parce que maintenant elle était débarrassée de lui. Mais alors elle fut outrée, remplie de peur, parce qu'il était de nouveau là, Pierre, vêtu de blanc, assis comme un Bouddha et la regardant avec ses grands yeux. Autour de son cou, il portait un collier qui lui rappelait Bhagwan, dont elle avait récemment écouté une émission de radio.
Ce regard était moqueur, de la part de quelqu'un qui lui a dit avec moquerie :
Tu ne dis pas ça sérieusement ! Tu n'arrives pas à te détacher de moi ! Je suis ton gourou, je t'ai dans ma main, ton âme m'appartient comme ton corps, tu le sais très bien. Tu es soumis à moi, obéisse-moi, tu n'as pas de volonté propre. Tu sais tout cela, alors t'aligne. Déshabille-toi et fait ce que je te dis. Soit une bonne fille.

Plus tard, quand elle était au lit, l'image a changé, maintenant les yeux du gourou, son Pierre, ont dit avec moquerie :
Tu peux le faire ! Tu es déjà grand ! Tu peux te laver tout seul, te tenir sur tes deux pieds, t'affirmer, te détacher ! Tu as de l'expérience, tu es intelligente, intelligente et créative. Je suis là pour symboliser le « détachement » pour toi comme en général et aussi pour que tu ne te

perdes pas lorsque tu te détaches. Tu peux toujours me porter dans ton cœur. Si tu ne me rejetais pas, alors je suis au milieu de ton cœur et je me tiens à tes côtés. Tu n'es jamais seule avec moi, si tu ne m'offenses pas. Je te dis juste que tu es assez forte pour te détacher d'une personne qui ne t'aime pas. Vois en moi le symbole du détachement par excellence. Et que tu n'es pas seule, mais que je suis là au milieu de ton cœur.

L'image 7

Hier, sur les taches blanches, un autre ton orange-doux a été appliqué, mais de telle sorte qu'une bordure blanche est restée. Au début, elle l'aimait, les taches ressemblaient à des silhouettes ou à des figures arrachées de papier, car les bords blancs semblaient effilochés. Mais ensuite, alors qu'elle était déjà au lit, elle s'est relevée et a fait basculer le tout à nouveau, parce qu'elle n'aimait plus les bords blancs. Elle peignait maintenant avec du blanc dans le ton orange doux et juste appliqué et encore humide, de sorte qu'une couleur de chair a été créé, ce qui ne l'a pas vraiment ravie, mais dans l'ensemble, c'était mieux. Néanmoins, elle s'est demandée si elle ne devait pas peindre sur les taches blanches restants avec du vert ou du brun, qui étaient encore épargnés dans le tableau. Le tableau serait alors repeint. Cela restait difficile. Le gris blanc ? Ou bleu foncé ? Ou violet foncé, ce qui pourrait donner à l'image une profondeur nécessaire ?

Non, ce n'était pas le cas. Le violet foncé n'allait pas du tout, c'était trop strict et mystérieux pour l'image. Violet clair n'allait pas non plus, elle l'avait déjà appliqué et peint dessus.
Ou peut-être était-ce à cause du bleu clair ? Jusqu'à présent, elle avait laissé cela intact, même dans sa pensée, mais maintenant il lui semblait qu'il pourrait être remplacé par du vert, si elle parvenait à en mélanger un beau.
Elle essaierait certainement.

Encore peint jusqu'à tomber, puis à nouveau sur les pieds et continué à changer. Elle pensait souvent qu'elle avait trouvé la couleur qui ferait la différence, mais ce n'était pas le cas, et elle devait continuer à chercher.
Elle cherchait sans cesse depuis des mois et avait parfois envie de se débarrasser de la toile, à la plier et à l'emmener au centre de recyclage. Mais elle n'arrêtait pas de se relever. À son

avis, il manquait une couleur qu'elle n'a pas trouvée, bien qu'elle ait déjà essayé « des milliers » de couleurs.

Entre-temps, elle avait appliqué le vert qui peut-être était une idée trop sombre. Elle se sentit comme si elle avait apporté de la végétation dans l'image et prit une profonde respiration dans ses poumons. Elle avait laissé trois taches bleu clair, plus grandes, qui lui rappelaient des lacs. Elle avait également créé de petites zones de couleur lilas, et le jaune citron dégageait à nouveau sa lumière. Cependant, quelque chose a perturbé l'harmonie inachevée. L'harmonie comprenait aussi un équilibre qui venait de l'autre sens, un contraste ? Elle pensa au magenta, qu'elle avait complètement anéanti, parce que l'image en avait déjà été pleine. Peut-être qu'elle devrait l'activer à certains endroits. Mais dans son imagination, cela ne coïncidait pas avec les autres nuances de rouge. La couleur qu'elle recherchait était introuvable. Et elle ne voulait pas revenir au blanc. Blanc devait toujours servir pour tout. Et le noir ? Bien sûr, c'était très difficile, bien que le noir corresponde essentiellement à toutes les couleurs appliquées. Mais cela placerait l'image dans une catégorie complètement différente qu'elle n'aurait peut-être pas voulue. Changer la nuance du vert en bleu-vert ?

Pendant la nuit, il lui est venu à l'esprit qu'elle pouvait désamorcer le vert et le bleu clair. Elle cherchait une amélioration parce que quelque chose n'allait pas pour elle sur l'image, alors elle s'est relevée et a appliqué un vert olive sur le vert fort, plutôt foncé et le bleu clair est devenu lilas. Ainsi, le tableau s'était calmé. Mais était-ce trop doux maintenant ?


Hallucination 8
Dalaï Lama


Elle a pensé à une hallucination qu'elle avait eu il y a 10 ans, mais qui revenait de temps en temps et la mettait mal à l'aise de plus en plus souvent.
Le Dalaï Lama s'est soudainement tenu devant elle en toute clarté, à environ trois mètres de distance, et l'a saluée. Elle n'était pas bouddhiste et regardait autour d'elle pour voir s'il voulait s'adresser à une autre personne, mais non, il a fait signe à nouveau et plus violemment, comme une autorité qui voulait que l'enfant obéisse et vienne à lui. Alors elle s'approcha de lui dans cette compulsion d'obéir

à l'autorité. Quand elle se tint devant lui, il tendit la main, dans laquelle il y avait de l'eau, qu'elle devait boire. Encore une fois, elle avait une inhibition et ne voulait pas, mais il a insisté et alors elle a bu l'eau, l'a aspirée dans sa bouche. Curieusement, l'eau ne s'est pas asséchée jusqu'à ce qu'elle arrête de boire. Ensuite, il y a eu une situation peu claire. Comme si quelqu'un lui mettait un chiffon ou une couverture. Elle s'est soudainement sentie seule, parce que le Dalaï Lama et un autre homme se sont moqués d'elle et sont partis après l'avoir jetée dans le caniveau, traînée dans la saleté, maltraitée.

De temps en temps, le souvenir de cette « visite » du Dalaï Lama est apparu et l'a mis en colère à chaque fois jusqu'à ce qu'elle tire sur les deux hommes la nuit, leur tire dans le dos.

Curieusement, elle a rencontré un Bouddha sombre et assis dans un magasin. Elle l'acheta spontanément et le plaça sur son bureau, sur lequel se trouvaient des pierres semi-précieuses, parmi eux une Opalith transparent laiteux, bleu clair (bleu-rose clair chatoyant) qu'elle plaça devant lui sur une carte bleu clair avec un nénuphar rose dessus. Peut-être elle a suivi par ce comportement ce qui était à la mode ces temps-ci.

Elle avait acheté et placé le Bouddha, non parce qu'elle était bouddhiste, mais parce que celui-ci dans son siège de méditation dégageait le calme, indiquait la paix, la sérénité, le détachement et le défendait.

L'image 8

Elle est ensuite retournée au chevalet pour changer à nouveau l'image, car il se démarquait dans l'image harmonisée maintenant le jaune citron trop puissant, donc elle a encore peint avec le jaune indien, qui a développé un ton agréable, car il a été appliqué sur un jaune vif. Maintenant, tout était vraiment fait.

Mais ensuite, il s'est avéré que c'était tout le contraire, alors elle appliquait à nouveau du bleu clair sur le ton lilas. Elle avait continué à peindre, avait rouvert tout le paquet. Le ton lilas peint en bleu clair ! Cela a eu des conséquences, maintenant le bleu foncé suivrait et le vert foncé et peut-être même un rouge foncé. C'était trop superficiel, trop boiteux, trop fatigué, pacifié, harmonisé, sans vie, du coup elle a dû tout recommencer. Ouf. Quelle galère.

Hallucination 9
Vieille femme désespérée

Elle a vu une femme âgée, assise, portant une longue jupe et un foulard, la tête penchée vers l'avant, tenant un mouchoir devant son nez parce qu'elle pleurait. Elle était désespérée, en deuil d'une personne perdue. Cela lui semblait être une image d'un autre siècle. Peut-être à la ferme de ses parents, ses grands-parents et leurs grands-parents...

L'image

Elle avait enfin terminé sa toile. Elle l'aimait beaucoup. Avec la couleur de vin rouge et rose, le bleu clair et bleu foncé, le jaune, l'orange et le vert olive. C'était parfait. Elle l'a également remarqué par le fait qu'elle a maintenant placé ses initiales en bas à gauche avec du rose sur la couleur de vin rouge. Ce sont probablement aussi ces couleurs qu'elle recherchait dans un si long processus, en tout cas pour cette image-ci.

Pierre

Elle avait trouvé Pierre beau quand elle l'a rencontré pour la première et unique fois. Scélérat ici scélérat là. Il n'a pas fallu longtemps avant qu'elle réponde à sa question sur la façon dont elle était habillée aujourd'hui, elle portait un manteau noir. Il a demandé une photo, mais elle lui a écrit que le manteau n'était pas photogénique. Un peu plus tard, elle a écrit qu'il devrait imaginer qu'elle était nue sous le manteau, et il a répondu qu'il avait ouvert son manteau noir et s'y était glissé et y avait passé la nuit, elle a répondu qu'elle l'avait reçu. Ils étaient de retour dans leur jeu poétique et palpitant, et qui connaissait l'avenir s'ils ne se voyaient pas une deuxième et une troisième fois et même beaucoup plus de fois ?
Le lendemain matin, elle a reçu son courrier de réponse, dans lequel il écrivait qu'il l'habillerait de baisers, parce qu'elle avait déjà écrit qu'elle s'habillait devant lui et un peu plus tard qu'il l'empêcherait de le faire.
Il était trop mignon... Si ce n'était pas de l'amour ! Ils s'écrivaient aussi des choses de tous les jours, participaient à la vie de l'autre, ne serait-ce que par écrit, peut-être plus et plus intensément que les couples qui avaient

toujours leur partenaire à leur disposition. Mais elle ne voulait pas exagérer... En tout cas, le calice n'avait pas encore été bu vide...

L'image 9

Elle lui a même envoyé la dernière version de son image qu'elle pensait maintenant terminée et il a écrit qu'il trouvait que les couleurs semblaient positives et équilibrées.

Pierre

Soudain Pierre ne la contactait plus et elle se demandait s'il n'avait pas cultivé d'autres correspondantes et les avait cultivés à côté d'elle ?
Elle ne découvrirait jamais la vérité, elle savait juste que même les couples qui vivaient ensemble se trompaient et parfois un partenaire tombait de tous les nuages quand il apprenait que l'arnaque durait depuis des années. Elle en avait marre ! De toute la vie ?


Les voix

Les voix profitant de la situation désolante se glissèrent hors du trou dans lequel elles s'étaient retirées. Elles ont essayé de faire entendre leur voix. C'était dangereux. C'est pourquoi elle a essayé de se distraire et a regardé « Babylon Berlin » à la télé qui a montré l'effondrement de l'économie mondiale en 1929 avec le chômage qu'il a déclenché, qui a poussé les gens dans la rue et les a forcés à rivaliser pour le moindre petit travail, les a rendus sans scrupules. Et non seulement eux, mais aussi les partis et organisations politiques de la République de Weimar, se sont blâmés pour la misère et se sont agités les uns contre les autres avec le Parti national-socialiste émergeant et sont allés sur des cadavres ...

Mon Dieu ! Trouverait-elle le moyen d'étouffer les voix dont elle ne savait pas d'où elles venaient ? Était-ce une culpabilité ? Qui venait déjà de ses ancêtres ?
Comment devrait-elle être capable de répondre à toutes ces questions ?


L'image 10


Elle a cherché une nouvelle toile pour s'immerger dans l'oubli....

Pierre

Soudain, elle entendit le bruit qu'un e-mail était arrivé. Pierre lui a souhaité une bonne nuit dans laquelle l'un s'est enfoncé dans l'autre. Elle ne put s'empêcher de réagir, écrivant qu'elle ne pouvait rien souhaiter de plus beau que ce qu'il écrivait, l'un dans l'autre.

Le matin, il lui a envoyé une photo avec des roses rouges.
Enfin, un e-mail dans lequel il écrivait qu'il était désolé de ne pas l'avoir contacté depuis si longtemps.

Dans la nuit, elle se réveillait souvent, devait aller aux toilettes, certainement cinq fois, après quoi elle ne pouvait plus s'endormir pendant deux ou trois heures et pensait étrangement au pommier dans son hallucination avec la petite fille qui pleurait et qu'il y avait un vieux pommier dans le jardin de la maison de sa mère.

Elle ne savait pas pourquoi, mais elle se demandait si la petite fille qui pleurait ne pouvait pas être sa mère qui enterait les os tout autour de l'arbre sur les racines. Peut-être étaient-ce les os d'une petite fille qui, par un possible abus de son père et de son grand-père est restée sans âme et mourut.

Elle soupira, peut-être que ses ancêtres étaient déjà aux prises avec cela, parce que personne ne semblait connaître la destruction associée à un abus sexuel ou le savoir a été balayé sous le tapis expressément pour échapper à une poursuite pénale. Elle s'est également souvenue qu'une de ses sœurs criait terriblement la nuit parce que, comme elle le prétendait, elle avait vu un homme à son chevet. Une visite chez le médecin a été infructueuse, mais pas la visite à une mystérieuse naturopathe qui avait donné à la sœur une boule de cristal dans sa main, dans laquelle elle pouvait voir le monde entier, tout. En conséquence, les cris nocturnes de la sœur ont cessé.

Elle s'est réveillée tard le matin, bien sûr, parce qu'elle était restée éveillée la nuit. Des sentiments et des pensées étaient apparus et s'entrecroisaient jusqu'à ce qu'elle s'endorme épuisée.

Pierre


Elle a enfilé une robe, ce qui était rare et avait pris une photo pour Pierre, qui appréciait une

femme dans une robe moulante comme probablement beaucoup d'hommes. Elle-même aimait parfois porter une jupe ou une robe, elle se sentait juste légère et bonne autour des jambes.
Elle a supprimé encore une fois les photos de Pierre, parce qu'il s'était à nouveau caché, comme souvent ces derniers temps, elle souffrait à chaque fois surtout, parce que les voix avec leurs présomptions se sont glissées dans l'écart et ont triomphé.


Les voix


Les voix étaient une chose vraiment dangereuse. Elles l'ont soulevée des charnières, l'ont jetée hors du siège, après quoi elle a remué la tête et est devenue une marionnette....

Parfois, même de petites séquences dans la vie quotidienne pouvaient la déséquilibrer, comme ces jours où elle voulait entrer dans une église en chemin. Elle a ouvert la porte, de l'autre côté se trouvait un homme qui voulait sortir. La situation était évidemment compliquée, après tout, elle l'a laissé prendre les devants. Après qu'il ait franchi la porte, elle est passée et a dit: « Ce sont les hommes d'aujourd'hui. » Puis elle voulait allumer une bougie, quand elle l'a tenue dans sa main, l'homme était soudainement de retour et a dit qu'il était un homme amical, il n'avait pas besoin qu'on lui dise une telle chose, il a soudainement doublé et dit agressivement : « Certainement pas de vous! » Puis il est allé à la porte et elle lui a dit après : « Là vous le voyez ! ». Lui : « Laissez-vous enterrer ! » La bougie tremblait dans sa main. Elle l'a mis dans le sable et s'est demandé pourquoi l'homme de 30 ans était devenu si agressif. Dans ces circonstances, elle quitta immédiatement l'église, puis revint pour vérifier les conditions de la porte et jeter l'argent pour la bougie dans la fente, qu'elle avait oubliée dans le feu de l'action. Après cela, elle est allée aux toilettes, quand elle est revenue, elle a vécu exactement la même situation à la porte avec un autre homme d'environ 50 ans, sauf qu'il n'y avait pas de confusion, parce que l'homme attendait calmement jusqu'à ce qu'elle ait passé. Elle y réfléchit et découvrit qu'à la première fois, l'homme ne savait peut-être pas ce qu'elle voulait, voulait-elle le laisser passer ou voulait-elle qu'elle soit la première et pour elle c'était pareil mais vice versa. Malgré tout, elle était étonnée par l'agressivité de l'homme. « Laissez-vous enterrer ! » Elle devait faire attention à ce que cette voix ne la poursuive pas avec d'autres et l'achève, la pousse dans la tombe.

Des nouvelles choquantes de Phillipe, qui l'ont également jetée hors de la bonne voie :
À l'hôpital, unité de soins intensifs de 7 jours, estomac complètement enlevé, également la rate, un morceau de l'œsophage, un morceau du pancréas et 20 ganglions lymphatiques. 2 d'entre eux infestés. Probablement de la chimio à nouveau. J'ai commencé à marcher aujourd'hui.


Pierre


Elle a écrit Pierre à ce sujet, il a répondu : Sale maladie sans beaucoup d'espoir.
Sur ce quoi il avait raison, mais elle était étonnée par le choix de ses mots.
Il ne voulait pas la serrer dans ses bras, ce qu'elle lui avait demandé de faire. Il a juste écrit qu'elle passait un mauvais moment. C'était peut-être une bonne chose qu'il ne veuille pas

la serrer dans ses bras pour la réconforter et la réchauffer, car elle s'identifiait trop à son frère malade. Elle devrait apprendre à se distinguer, le même pour ses voix. La réaction de Pierre lui semblait très dure et la rendait triste, voire un peu méfiante. Voulait-il éviter une ambiance chaleureuse entre eux, ne pas permettre un lien émotionnel ?

Dans la soirée, Pierre a écrit : Bonsoir mon cœur, je viens à toi sous ta couette pour passer la nuit avec toi.

Elle était ravie, mais il s'est de nouveau caché et elle s'est sentie abandonnée.

Elle a essayé de l'attirer avec son amour. Mais il n'a pas répondu à son courrier d'amour, il est resté caché, ce n'était pas la première fois, plusieurs fois il avait soudainement disparu. Elle l'avait toujours accepté, mais une fois c'était tout simplement trop et a amené le baril à déborder.
Si elle lui avait écrit une simple « bonne nuit » et qu'elle s'était retrouvée sans réponse, elle ne l'aurait pas considéré comme grave. Cependant, elle lui avait proposé de passer la nuit l'un avec l'autre et avait envoyé un cœur parfaitement rouge plein d'amour. Elle n'avait pas reçu de réponse. Quand elle a demandé

après deux heures s'il était là, elle n'a toujours pas reçu de message. D'une part, elle était inquiète, parce que quelque chose aurait pu se passer, d'autre part, son silence a déclenché le désespoir en elle, et elle a demandé à nouveau après une autre heure d'attente, mais elle est restée sans réponse.

Elle sentit la colère monter en elle, voire la haine.
Elle avait peur, parce que c'était la fin du début: la haine.

Dans son courriel, elle lui a expliqué sa déception qu'elle trouve son jeu humiliant et qu'elle le détestait pour cela.

Comme s'il l'attendait, il l'a blâmée et a écrit qu'il répondait quand il le voulait et non quand elle s'y attendait. Si elle souffre du fait qu'il ne signale pas, c'est son problème à elle. Il se sent harcelé et surveillé par elle. Elle ne l'intéressait plus et avait mourut pour lui. Adieu.

Là où il y a de la haine, il y avait de l'amour. Là où il y a la mort, il y avait la vie.

Elle a écrit que s'il se sentait harcelé et surveillé par son comportement, elle acceptait ses adieux, bien sûr.

Il a répondu qu'il avait peut-être été trop brutal et s'en est excusé, mais il a senti qu'ils se faisaient du mal l'un à l'autre parce qu'ils n'étaient pas sur la même longueur d'onde. Il vaudrait mieux qu'ils tracent une ligne.

Elle a répondu que c'était nouveau pour elle qu'ils ne soient pas sur la même longueur d'onde, au moins il ne s'était jusqu'à là exprimé de cette façon, mais si c'était comme ça t qu'il voulait arrêter ce qu'ils avaient construit, elle l'accepterait.
Ensuite, elle a proposé de continuer à s'écrire de temps à autre.

Il a répondu qu'il ne comprenait pas sa proposition. Ce serait une obligation pour lui. Pourquoi continuer l'échange de mails, même si ce n'était que de temps en temps, s'il n'est pas amoureux?
Cela l'a frappée durement.

Elle était tellement effrayée par l'humiliation qu'elle s'est vue pendant un moment à l'extérieur de la fenêtre, elle s'est tenue dehors sur le rebord étroit de la fenêtre. Cela ne pouvait pas être vrai, qu'elle voulait se suicider ! Le mot « obligation » la hantait, l'affirmation « je ne suis pas amoureux ». Pourquoi ne l'avait-il pas dit tout de suite ?! Au lieu, elle avait récemment reçu une photo avec des roses rouges et le courrier : « Bonsoir mon cœur, je viens à toi sous ta couette pour passer la nuit avec toi ! » Puis vinrent les mails désabusés. Et maintenant, elle se tenait sur le rebord de la fenêtre...

Il ressentait évidemment le besoin de se débarrasser d'elle.
Elle aurait dû se rendre compte qu'il ne l'aimait pas, qu'il ne disait cela que pour qu'ils puissent échanger des e-mails érotiques et des photos.
Il était obsédé. Il ne s'agissait indubitablement que de son plaisir.

Pierre

Il en avait marre de se plier en quatre à cause d'elle et chercherait son plaisir ailleurs.
Il ne voulait pas la blesser avec la vérité, lui a souhaité le meilleur et l'a même prise dans ses bras à la fin de son email.
Mais il y a autre chose à dire, à savoir pourquoi elle ne lui avait jamais demandé s'il avait quelqu'une ? Un gars comme lui, elle n'aurait pas pu sérieusement supposer qu'il vivait seul ?
Elle l'avait rencontré une fois et avait vu à quel point il était un grand brochet en contraste avec

elle, qui lui avait semblé comme un vilain petit canard. Il avait carrément peur parce qu'il la trouvée laide.
Il était content qu'elle ne lui ait envoyé que des photos sans son visage, car il pouvait s'en passer. Il écrivait qu'elle ne s'attendait probablement pas à ce qu'il ne jouait pas avec des cartes ouvertes, mais à une époque où tout le monde est en mouvement avec des identités multiples elle aurait dû le savoir. Il a été déçu par tant de naïveté et de stupidité...


Mireille


Elle n'a pas lu le courriel plus loin, elle l'a supprimé. Ce n'était pas son Pierre. Il lui vint à l'esprit qu'une de ses voix aurait peut-être pu se déguiser en Pierre afin de la détruire avec une charge concentrée de rejet et de mépris.


Les voix


Elle entendait les voix triomphantes qui se moquaient d'elle, parce qu'elle avait perdu, parce qu'elle était maintenant à nouveau seule, et parce qu'elle s'était ridiculisée, parce qu'elle avait cru qu'elle pouvait être aimée... mais elle n'était pas une femme qui pouvait être aimée, elle était seulement une femme violée, abusée et maltraitée, ce qu'on pouvait lire dans son visage. Hahaha, les voix se moquaient d'elle, le rire devenait plus fort, de sorte qu'elle fermait les oreilles, mais néanmoins une voix en particulier pénétrait en elle, qui voulait détruire sa vie....

Avant de se rendre chez sa mère pour prouver à la voix qu'elle avait tort, elle s'est souvenue de la chanson titre du film « Babylon Berlin », écrite par Tom Tykwer et d'autres et chanté par Severija Janusauskaite, qui le chante en tant que Svetlana sur scène dans une présentation androgyne de la boîte de nuit Moka Efti :

Aux cendres, à la poussière
Dépouillé de lumière
Mais pas encore maintenant
Les miracles attendent la fin
Océan du Temps
Loi éternelle

Aux cendres, à la poussière
Aux cendres
Mais pas encore maintenant
.......

## Tony et le journal

Tony s'étonne que Mireille ait écrit son journal à la 3ème personne et l'ait fortement structuré. Peut-être voulait-elle retrouver l'un et l'autre plus tard dans son journal, parce que le développement de sa peinture s'était confondu avec le développement de sa relation avec Pierre, elle ne trouverait rien dans cet amalgame si elle cherchait quelque chose de spécifique, d'où probablement les titres. Il ne pouvait pas imaginer une autre raison, bien que, cela lui soit venu à l'esprit, certaines de ses images étaient également très structurées.

Il était surpris que Mireille ait rencontré son amant en personne, ne serait-ce qu'une seule fois, et qu'elle ait tant souffert. La fin de leur relation lui semblait terrible. Il était confus. Il ne savait pas non plus qu'elle avait des contacts avec son frère Philippe, bien que rarement. Ses hallucinations lui semblaient très étranges, il n'y avait pas accès. Ses e-mails érotiques le laissaient perplexe, et il en était presque un peu jaloux. Il était impatient de voir l'image, le résultat du processus de sa peinture. Cependant, il le ferait après les funérailles de la mère et de la fille, lorsque le calme serait revenu et qu'il devrait s'occuper de la succession des deux femmes dont la mort lui tenait à cœur.

Son regard tomba sur un papier sur le sol. Il se pencha pour le ramasser, il s'était apparemment détaché du journal lorsque Mireille écrivait encore à ce sujet et qu'elle l'avait apparemment remis en arrière, poussé sous les pages. Comme elle n'utilisait pas de numéros de page dans son journal et n'y mettait pas de date du jour, il ne pouvait pas dire quand elle avait écrit « Hallucination 10 Le cycle de la vie et de la mort ».

Tony l'a lu et a été surpris de constater que Mireille avait étrangement écrit cette hallucination à la première personne :

Hallucination 10
Le cycle de la vie et de la mort

Je me suis assise les jambes croisées en position de méditation en face d'une vieille femme assise très droite, également les jambes croisées. J'avais peur, parce que c'était comme une image miroir, très désagréable, puisque la femme n'était pas seulement vieille, même si elle avait un visage lisse et fin, mais elle portait aussi une robe noire haute et fermée et avait peigné les cheveux en arrière, de l'avant je ne les voyais pas attachés en chignon, mais c'était sans doute le cas et le pire : Elle n'a pas souri. J'ai souffert et j'ai été profondément secoué à l'intérieur, une peur s'est glissée, j'ai tremblé devant elle en pensant : Quelle apparence terrible ! Mais alors quelque chose a bougé dans la femme raide et droite. Sa robe noire s'ouvrit devant, je vis un chemisier blanc, qui s'ouvrit aussi et montrait partiellement le haut du corps brillant et nu d'une femme plus jeune, mais pas ses seins pleins, seulement jusqu'aux mamelons, qui restaient cachés. C'était une jeune femme qui riait de bon cœur, appréciait sa jeune vie, rayonnait d'une grande joie de vivre. Le haut du corps n'était pas entièrement visible, les bras restaient couverts. À l'avant, le chemisier était ouvert comme un V, qui est devenu un calice, comme je l'avais déjà photographié, lorsque je me suis approché d'une tulipe en fleurs de couleur orange-rougeâtre et blanche. Quelque chose coulait du calice, restant invisible. Je ne me rendais pas compte de ce que c'était exactement. Peut-être que c'était la vie qui s'est déversée. Parce qu'alors le calice s'est refermé, la jeune femme a boutonné son chemisier blanc et par-dessus la vieille femme a boutonné sa robe noire. La vieille femme s'assit à nouveau les jambes croisées, immobile comme une statue devant moi et me regarda. Était-ce un regard scrutateur qui me demandait si j'avais maintenant compris de quoi il s'agissait ? Elle entendait par là l'éphémère de toute vie, non seulement la vie elle-même, mais aussi la plénitude de la vie, tout ce qui était autrefois important, mais qui était vécu et consumé par le fait qu'il était vécu. Oui, c'était terrible, parce qu'à chaque fois ça faisait tellement mal que quelque chose n'était plus ce qu'il était autrefois. Cela arrivait tout le temps, respirait constamment la vie, celle de la joie, celle de la soif de vie, celle de l'amour, mais aussi celle du tourment, expirait la vie et recommençait par le début, toujours sa fin était déjà au commencement, la mort était déjà donnée avec la vie, seulement je n'y ai pas pensé consciemment.

Pendant ce train de pensées, je n'arrêtais pas de regarder la vieille femme, qui ne me semblait pas vraiment vieille maintenant, ma peur s'était dissipée. La vieille femme se pencha en avant, si profondément que seul son dos arqué et sombre pouvait être vu.

Tony retournait le papier et lut que Philippe lui avait écrit qu'il pouvait maintenant se promener dans l'appartement, mais rien de plus, c'était trop épuisant. Dieu merci, l'infirmière était là pour l'injection, parce que la plaie s'était ouverte, avait saignée. D'un ton plaisant il écrivait : Toujours quelque chose de nouveau, et a ajouté deux smileys solaires.
Mireille a répondu avec des mots encourageants qu'il n'était à la maison que depuis 10 jours et qu'il faudrait probablement beaucoup de temps avant que tout soit guéri et bon à nouveau. Elle a envoyé une feuille de trèfle chanceuse avec son message et des mains priantes.

### Tony et le journal

'
Désemparé, Tony remit le papier dans le journal. Il regrettait d'avoir rendu visite à Mireille trop rarement.

**Juliette**

Comme Tony l'avait déjà soupçonné, aucun des frères et sœurs n'est apparu aux funérailles de la mère et de Mireille, ils n'ont même pas formulé d'excuse. Ils n'avaient jamais rendu visite à leur mère et inversement leur mère, alors qu'elle était encore capable de mener sa vie de manière indépendante, n'avait jamais rendu visite à ses enfants à l'exception de Tony. Mireille faisait peur aux frères et sœurs avec ses psychoses et ses voix, ils s'étaient abstenus de chercher le contact avec elle à l'exception de Phillipe. Tony, quant à lui, avait été un confident des deux sœurs Flores et Mireille à certains moments, peut-être parce qu'elles sentaient qu'il était secret. Sa sœur Marie-Louise, en revanche, était restée plutôt fermée à lui, tout comme les deux frères George et

Philippe, bien que Philippe l'ait récemment invité, ce qu'il n'avait jamais fait avant et Tony croyait qu'il avait voulu lui dire au revoir à sa manière, peut-être espérait-il aussi que Tony s'occuperait de sa fille lorsqu'il aurait succombé au cancer. Tony soupira.


Les frères et sœurs n'étaient pas là, mais Tony s'est involontairement retourné, comme si quelqu'un était venu après tout.
Il n'en croyait pas ses yeux, car en fait derrière lui se tenait comme une ombre une femme grande et étroite dans un manteau en laine noire à double boutonnage. Elle portait même un chapeau avec un voile nubbed. Il a de nouveau tourné la tête, mais resta intérieurement occupé par l'inconnue.
Finalement, il s'est donné une secousse, s'est excusé et l'a interrogée sur sa relation avec les deux morts.
Elle leva son voile et Tony regarda dans un visage pâle et allongé avec de grands yeux sombres.
Il semblait à Tony qu'il découvrit une certaine ressemblance avec sa mère dans l'étrange visage. Puis il se souvint soudain du voyage de sa mère dans une ville étrangère, dont personne dans la famille ne connaissait la raison. Comme

son frère George, il soupçonnait qu'elle avait eu un avortement là-bas, mais que se passait-il vraiment ? Il s'est souvenu qu'il n'avait jamais remarqué un ventre de grossesse bombé sur sa mère. Cependant, il était encore petit et sa perception de ce sujet n'était pas fiable, il a remarqué plutôt inconsciemment que sa mère était devenue un peu potelée.

La femme en deuil a déclaré qu'elle était liée aux deux personnes décédées, l'une étant sa sœur et l'autre sa mère. Tony exprima son étonnement et la regarda d'un air interrogateur. Elle s'appelait Juliette, elle lui a demandé s'ils voulaient faire quelques pas. Cela lui convenait, et ils sont même entrés dans un café à proximité.
« Juliette », répéta-t-il silencieusement. Sa mère l'avait abandonnée pour adoption en tant que nourrisson immédiatement après la naissance. C'était dommage qu'elle n'ait pas grandi dans sa famille biologique, mais elle n'a pas trouvé cela mauvais et a eu des parents adoptifs très attentionnés et aimants qui sont morts il y a quelques années, dont les parents étaient des résistants. Elle dit cela pour décrire l'esprit dans lequel elle a été élevée, parce que ses parents adoptifs aussi étaient politiques, critiques, engagés, et elle est elle-même impliquée dans Amnesty International et la

protection de l'environnement. Tony s'est dit que c'était probablement bon pour Juliette qu'elle ait grandi dans la famille qu'elle décrivait, du moins quand il regardait la vie de ses frères et sœurs.

Cependant, continua Juliette, le grand engagement politique de ses parents, qui n'avaient pas pu avoir d'enfants et n'avaient accepté aucun autre enfant adopté, signifiait qu'ils avaient très peu de temps pour elle, de sorte qu'elle se sentait souvent seule. Elle n'avait même pas possédé d'animaux en peluche, probablement qu'ils étaient mal vus par ses parents intellectuels ou qu'ils n'avaient tout simplement pas pensé qu'un enfant aurait besoin de se câliner.

Après avoir obtenu son diplôme d'études secondaires, elle a déménagé de la maison presque toujours vide à un appartement partagé avec d'autres gens intéressés par la politique. Toutefois, il y avait souvent des bagarres et même très dures, parce que les colocataires appartenaient à des courants politiques différents et défendaient leurs points de vue souvent irréconciliablement. Il y avait aussi eu beaucoup de changement parmi les résidents, mais elle avait rencontré son mari là-bas, avec qui elle a fondé une famille. Ils étaient tous les deux devenus enseignants, ils avaient même enseigné dans la même école. Pour elle, c'était un pain lourd, parce qu'elle n'avait pas pu bien supporter le système de performance scolaire, mais pour son mari, c'était moins difficile, il avait persévéré à son poste jusqu'à la fin, elle-même s'est retirée plus tôt de l'école, aussi parce qu'elle souffrait d'un cancer du sein, qui était maintenant de nombreuses années derrière elle.

De loin, elle s'est toujours intéressée à la vie de sa mère biologique et de sa famille. Ses parents adoptifs lui ont dit très tôt qu'elle avait été adoptée et à sa demande, lui ont dit le nom et l'adresse de sa mère. Cependant, elle ne voulait pas causer de troubles et n'est donc jamais apparue, car sa mère biologique avait finalement pris une décision irréversible et l'avait donnée en adoption immédiatement après la naissance. Elle ne savait même pas si elle était tenue dans ses bras après l'accouchement. Certainement pas, se dit Tony amèrement. Mais maintenant, disait Juliette, elle voulait prendre sa mère morte dans ses bras, dans son cœur. Chaque vie ne serait pas facile en soi. En tout cas, elle voulait se réconcilier avec sa mère biologique avec sa visite à la tombe, car bien qu'elle ait eu une bonne vie avec les parents adoptifs, cela l'avait blessée, blessée que sa mère biologique ait pu la donner, peut-être même pas l'avait regardée. Le sentiment de blessure est resté tout au long de sa vie. D'autant plus que la mère n'a jamais répondu à ses lettres. Maintenant, après la soi-disant réconciliation, elle espère que la blessure guérira pour toujours.

Ses deux enfants ont étudié à l'étranger. Ces dernières années, elle n'avait vécu qu'une relation amicale avec son mari, car il était tombé amoureux d'une collègue et avait emménagé chez elle. Ce n'était pas un désastre pour elle, car ils n'avaient pas eu de sentiments d'amour l'un pour l'autre depuis longtemps, ces sentiments avaient été émoussés au fil des ans et leur relation sexuelle avait expiré. Cela ne la dérangeait pas que, alors qu'il vivait encore avec elle et qu'ils étaient amicaux ensemble, il entrait en relation avec la collègue dont il était tombé amoureux.

Tony était surpris, en fait il était carrément irrité, que Juliette ne mâche pas ses mots et dise des choses intimes. Ils étaient frère et sœur, mais comme des étrangers l'un à l'autre, puisqu'ils ne s'étaient jamais vus dans la vie auparavant. Il se demandait si elle a ressenti le besoin d'en parler à quelqu'un parce que cela lui avait pesé. Mais pourquoi lui ? C'était probablement une coïncidence, si l'un de ses frères ou l'une de ses sœurs s'était tenu sur la tombe, Juliette aurait probablement raconté son histoire à cette personne. Tony s'est concentré à écouter à nouveau et n'a rien demandé.

Malheureusement, son ex-mari est mort dans un accident de voiture et est sous terre depuis un certain temps. Elle a recommencé et vit dans une relation amoureuse, pour laquelle elle se sent très reconnaissante.

Elle s'est excusée auprès de Tony de lui avoir volé une bonne heure de son temps, l'a remercié de l'avoir écoutée et ne voulait pas entrer par effraction dans sa famille même pas maintenant, elle se sentirait comme une étrangère, alors elle voulait lui exprimer ses sincères remerciements et lui dire au revoir.
Tony a avalé. Il serra chaleureusement les mains de Juliette, parce qu'il ne pouvait rien dire.

Pensif, il a commencé son chemin de retour. Il ne voulait pas parler de la rencontre aux deux frères restants, pourquoi les secouer si tard dans leur vie ? Philippe avait peut-être six mois à vivre et George s'était enfermé dans une cage comme son oiseau.

## Le père biologique de Tony

Dans la maison de la mère détruite par le feu non seulement la photo avait été conservée indemne, mais aussi une lettre qui lui avait été adressée, à lui Tony. Il a reconnu l'écriture de sa mère à l'adresse, de sorte que la lettre a dû être écrite il y a longtemps, alors qu'elle était encore capable de le faire. Dans la lettre elle lui expliqua qu'elle ne l'avait aimé que parce qu'il était l'enfant de l'homme qu'elle avait aimé secrètement comme le seul. Ses autres enfants lui étaient indifférents, car son mariage avec son mari, était un tourment. Il avait été homosexuel et avait contracté le mariage avec elle seulement pour être officiellement considéré comme normal, même les enfants n'avaient été conçus que pour cette raison, parce que sa position professionnelle élevée et sa réputation avaient été constamment en jeu. C'est pourquoi il a engendré un enfant après l'autre pour prouver encore et encore en public qu'il avait une sexualité tout à fait normale.
Tony pêcha une allumette et alluma la lettre. Pourquoi inquiéter les frères et sœurs ? Et

pourquoi s'inquiéter soi-même ? C'était mieux, tout restait tel quel.

Néanmoins, il partit bientôt à la recherche de son père biologique, qu'il trouva finalement, mais qui ne le reconnut pas, ainsi que, lui-même ne le reconnut pas de toute façon, deux étrangers se firent face. Il n'avait pas de fils, affirmait son père, et Tony le laissa croire au lieu de remuer quelque chose chez le vieil homme au milieu des années quatre-vingt-dix. L'homme n'était évidemment plus présent mentalement à chaque instant, son appartement avait commencé à se détériorer, il ne faudrait probablement pas longtemps avant qu'il ne doive se rendre à la maison de repos. Mais alors le père demanda, qui aurait dû être la femme avec qui il avait eu un fils, lui, Tony, qui se tenait maintenant devant lui ? Tony s'est donné une secousse et a donné son nom. Il vit clairement comment l'homme devenait pâle, puis il s'assit et offrit à Tony un fauteuil d'un geste de la main. Peut-être le père avait-il subi un bref choc de mémoire. Il resta silencieux et Tony crut que le silence ne s'arrêterait pas quand le vieil homme dit soudain qu'il était vrai qu'il avait aimé cette femme, sa mère, il ne l'avait jamais oubliée, bien qu'il vive souvent au pays de l'oubli. Il l'interroge sur son état,

Tony ment et dit qu'elle s'était endormie paisiblement, mais lui avait dit son secret au préalable. C'est bien, dit l'homme, mais qu'il était maintenant trop tard pour établir une relation avec lui, le fils, parce qu'il sentait que ce serait bientôt fini avec lui, il devrait comprendre s'il voulait passer la dernière courte distance seul. Tony ne ressentait aucun sentiment père-fils et disait au revoir avec des mots bien intentionnés. La porte de l'ancien appartement était fermée derrière lui. Voudrait-il savoir comment son père a vécu ? Non, il n'a pas ressenti ce désir, seulement aliénation et même rejet, et cela ne changerait pas sur les derniers mètres. Pourquoi avait-il ressenti un rejet ? Était-il jaloux ? Après tout, il avait eu sa mère pour lui toute sa vie bien que la relation n'ait pas été aussi chaleureuse qu'il l'aurait souhaité. Il était devenu froid. Qu'avait-il à voir avec l'amour qui avait relié les deux pendant une courte période et qui a été balayé sous le tapis ? Rien, rien du tout. Il avait l'impression d'avoir été jeté hors du temps. Il retournerait dans sa ville, là, le billet de train l'attendait.

## Tony et le chemin de fer

Il mit le chemin de fer en service et regarda dans le néant, perdu sur les chemins empruntés par les trains. Il devenait de plus en plus rigide, regardant les mouvements circulaires du chemin de fer qui allait et venait, à travers un tunnel, pris des courbes et allait tout droit pour se tourner de nouveau et ainsi de suite, Tony se sentait en sécurité dans le son monotone qui ne semblait jamais s'arrêter. Mais soudain tout s'est arrêté, le train ne pouvait pas continuer avec une batterie vide et s'était arrêté, il a lui-même remarqué qu'il tenait le billet pour Saint-Pétersbourg dans sa main, qu'il a conduit près de ses yeux tout en se penchant en arrière dans le fauteuil devant la table basse, et à partir de ce moment sa lumière s'est éteinte. Son cœur s'arrêta aussi soudainement que le chemin de fer, dont la batterie était épuisée.

## Monique

Monique, la compagne de Tony, qui avait temporairement cherché refuge contre les circonstances familiales pénibles de son partenaire chez sa sœur célibataire Anna, était seule pendant la journée parce que sa sœur était beaucoup plus jeune et ne prendrait pas sa retraite avant un an.

Elle savait qu'il n'était pas convenable de fouiller dans les affaires de l'autre, mais elle a ouvert tiroir après tiroir, plus par ennui que par recherche de quelque chose de spécifique.

Dans le tiroir. du bureau supérieur étaient lâchement empilés les unes sur les autres, des lettres écrites à la main. Elle a été surprise, car de ces jours personne n'écrivait de lettres, mais communiquait via les réseaux sociaux. Elle avait déjà 77 ans, mais le nouveau temps ne l'avait pas passée, donc elle avait transformé sa correspondance en échange de courriel. Encore plus par ennui que par réel intérêt, elle a sorti les lettres en haut et les a mises sur le bureau.

Elle s'assit dans la chaise confortable qui était devant le bureau et se demanda pourquoi sa sœur avait besoin d'un bureau ? Cela était certainement dû à son travail à la librairie, qu'elle voyait aussi dans le fait que les livres étaient empilés sur la table. Peut-être qu'elle devait tous les lire pour pouvoir conseiller ses clients, alors peut-être qu'elle a pris des notes. En regardant les lettres fugitivement, elles donnaient l'impression qu'elles étaient l'écriture de Tony, en y regardant de plus près, il n'y avait plus aucun doute.
Pourquoi y a-t-il eu une correspondance entre les deux ? D'un coup elle ne se sentait plus à l'aise. C'étaient des lettres de Tony, mais aussi d'Anna. Il semblait que Tony avait toujours envoyées les siennes à Anna ensemble avec celles d'Anna qu'elle lui avait écrites, probablement pour qu'il n'ait pas à les garder à la maison, où elle aurait pu les découvrir.

**Anna**

Sa sœur Anna écrit à Tony qu'elle ne peut plus le supporter, qu'il devrait enfin verser du vin propre à sa compagne, sa sœur Monique. Elle a décrit à quel point elle souffrait du fait que tout devait rester secret, qu'il devait finalement se décider. La compagne de Tony, Monique, a avalé et bientôt les larmes ont coulé.

Tony a répondu à Anna qu'il n'était pas sûr, car elle, Anna, lui semblait instable, parfois elle était pour la relation, puis encore non. Anna lui expliqua que c'était parce que c'était lui qui se balançait, ne savait pas ce qu'il voulait et que cela provoquait le même balancement en elle, un va-et-vient.

Tony estimait que l'année qu'a duré leur relation n'était pas suffisante pour se décider pour elle, il devrait encore apprendre à la connaître plus profondément. Mais il la désirerait jour et nuit. Il serait amoureux de ses longues jambes à elle, de ses cuisses, qui auraient la peau d'une trentenaire. Il aimerait leur dévotion et leur franchise. Elle lui a écrit qu'il était méchant, qu'il ne ferait que profiter d'elle au lieu de montrer ses couleurs. Elle pensait qu'il ne se souciait pas de la façon qu'il le fallait. Il voulait surtout que sa compagne, sa sœur, ne serait pas blessée, que lui et sa sœur se sentaient à l'aise, il acceptait que ce soit à son dépens.

Il lui écrivait tant qu'il n'était pas sûr, et il doutait de plus en plus, car ils se disputaient déjà, il ne voulait pas déstabiliser sa partenaire en la renseignant sur leur relation. Son amour pour elle, Anna, s'était refroidie par sa jalousie et ses prétentions envers lui, il devait admettre que son amour pour elle n'était plus le même qu'au début, mais il la respecterait sincèrement et aimerait toujours s'amuser avec elle sous la couette. C'est l'endroit qu'il pourrait lui offrir. À cet égard, il n'aurait aucun sentiment de culpabilité envers sa femme, car elle n'a toujours pas à se passer de rien, et comme elle ne veut pas de relation sexuelle depuis des années, qu'elle refuse parce qu'elle n'en a plus envie et cela lui fait mal, comme elle le dit et que c'est à cause de son âge, il ne lui enlève rien, s'il vit maintenant cette partie avec elle. Elle, Anna, n'a pas à se blâmer non plus. Ce ne serait le cas que s'il avait encore une relation sexuelle avec sa femme, alors il se sentirait coupable, mais la situation était différente et d'ailleurs il ne la quitterait pas d'une manière ou d'une autre. Si sa femme découvrait sa relation avec elle et voulait partir seule, ce serait autre chose. Mais elle ne le ferait selon toute vraisemblance pas, car où devrait-elle aller à son âge ? Si elle était morte avant lui, Anna ne devait pas espérer qu'il emménagerait chez elle, il ne voudrait jamais emménager chez elle, il préférerait dans ce cas qu'on garderait chacun son propre appartement. Parce qu'en vivant ensemble dans un appartement, on s'en lasserait vite.

Anna était fatiguée de la dernière lettre, elle a écrit qu'elle voulait se séparer de lui dans ces circonstances. Tony a répondu qu'il pouvait la comprendre et que sa décision était raisonnable, il l'accepterait, mais elle devait savoir qu'il était toujours disponible pour faire l'amour sous sa couette.

Dans sa colère, Anna avait placé une lettre non envoyée dessus, sur laquelle un seul mot était écrit « merde ! »

## Monique

Monique a séché son dernier flot de larmes. Pour Anna, bien sûr, les choses pouvaient sembler différentes, mais pour elle Tony était un bon gars, même après avoir lu ce qu'elle avait lu, parce qu'il était surtout important pour elle qu'il ne la quitte pas, même, et il y avait un sourire sur son visage, même pas après sa mort. Cependant, si la même chose s'était produite alors qu'elle était encore dans la fleur de l'âge, quand elle avait ressenti un désir non obscurci et une grande luxure, cela aurait été différent. Dans ce cas, elle aurait eu une énorme dispute avec Tony, peut-être qu'elle serait même devenue violente, car après tout, elle avait déjà quitté un homme, son premier mari, parce qu'il l'avait trompée. Elle n'aurait pas quitté Tony, qui s'occupait d'elle et qui était là pour elle, mais elle serait certainement devenue agressive, elle ne voulait pas imaginer plus, car le cas était différent maintenant.

Elle remit soigneusement les lettres dans le tiroir et ne se rendit pas compte que quelque chose était tombé de l'une des lettres. Puis elle écrivit à sa sœur, dont elle s'était toujours méfiée, sur un bout de papier qu'elle retournerait chez Tony, qu'il aurait besoin d'elle.
Non pas qu'elle avait soupçonné quoi que ce soit, mais elle se méfiait fondamentalement de sa sœur. Elle ressentait envers sa sœur de la méfiance et de la peur, pourquoi il en était ainsi, elle n'avait pas trouvé la raison. C'était peut-être parce qu'elle était juste d'une nature complètement différente. Sa sœur avait quelque chose de triomphant, quelque chose d'arrogant, faisait des jugements dévastateurs sur les soi-disant subordonnés, elle se tenait au sommet et méprisait les autres, une certaine soif de domination était la sienne. Elles ne cherchaient pas la compagnie de l'autre, néanmoins elle avait rapidement cherché refuge chez sa sœur, parce qu'elle était célibataire et avait un appartement spacieux. Monique avait toujours trouvé le contact difficile, car Anna se plaignait beaucoup et sortait soudainement des accusations. Avec ce comportement elle avait

peut-être battu les hommes en fuite et était devenue une vieille jeune fille. Mais c'était de la spéculation. En tout cas, Anna avait un grand appartement et une chambre d'amis, ce qui n'était pas le cas chez ses propres enfants et petits-enfants, où elle aurait pu aussi aller se réfugier.

Monique a fait son sac, puis est retournée au bureau pour vérifier si elle n'avait pas oublié accidentellement de remettre une lettre dans le tiroir. Elle a remarqué le morceau de papier tombé qui ressemblait à une photo de loin, elle l'a ramassé et a regardé une image échographique, le papier a commencé à trembler légèrement dans ses mains. Qu'est-ce que cela devrait-il signifier ? Il y avait clairement le nom de sa sœur dessus, elle s'est assurée plusieurs fois. Pourquoi la photo avait-elle été entre les lettres de Tony et d'Anna ? Qu'avait-il à voir avec cela ? Était-il le père ? Sa sœur était trop âgée pour une grossesse. Bien qu'il y ait eu aussi cela. A-t-elle fait une fausse couche ? Monique remit le papier entre les lettres. Peut-être que sa sœur n'était pas du tout une vieille fille, mais un morceau de merde !

Elle prit le sac et se dirigea vers la porte qu'elle ferma derrière elle. Elle a marché longtemps, parce que les appartements étaient loin l'un de l'autre.

Elle n'en parlerait pas avec sa sœur ou avec Tony, ni de l'image échographique ni des lettres.

Elle se souvient qu'elle-même avait eu une liaison, car elle avait dix ans de plus de Tony et avait donc pris sa retraite dix ans plus tôt que lui. À cette époque, elle s'était impliquée avec un homme vif, 10 ans plus âgé, qui vivait veuf dans l'immeuble voisin, peut-être aussi parce qu'elle avait toujours eu 10 ans de plus dans sa relation avec Tony, dans sa liaison, elle avait aimé être la plus jeune. Elle l'avait cachée à Tony, car ce n'était rien de sérieux, juste pour le plaisir et le passe-temps, puis le petit feu fut bientôt éteint. Par ailleurs, elle a été prise par son travail bénévole de plus en plus.

Tout allait bien comme Tony l'avait décidé. Elle était contente qu'il soit prévenant envers elle. Il ne voulait pas la laisser tomber, elle était trop vieille pour cela, elle était devenue comme une mère et il acceptait volontiers ses soins maternels. Il devait avoir son plaisir avec une autre, que ce soit avec sa sœur ou une autre, elle s'y résignerait, l'accepterait, parce qu'elle-même ne voulait plus faire l'amour, elle en avait profité pendant des décennies, et maintenant elle n'en voulait plus depuis longtemps.

Avant de rencontrer Tony, elle était mariée. Elle s'était séparée de son mari après 12 ans. Mais à cette époque, elle était jeune et n'avait pas encore abandonné le désir. C'est pourquoi elle a laissé son mari et les enfants. La situation d'hier et d'aujourd'hui n'était pas comparable à ses yeux.
Elle avait perdu tout intérêt pour faire l'amour, les dernières fois, la pénétration l'avait même blessée. Sa convoitise avait complètement disparu, de quoi d'autre devait-elle être jalouse ? Elle menait une vie animée et sociale avec Tony, ce qui les a récompensés tous les deux, et elle avait toujours eu l'impression que Tony aimait aussi l'harmonie, la vie douillette, bien tempérée, avec beaucoup de goût, une vie bourgeoise.

Elle a ouvert la porte de l'appartement et a crié joyeusement dans l'appartement : « Tony ! ». Il n'y a pas eu de réponse. Elle est entrée et a voulu accrocher son manteau à la garde-robe, mais elle s'est arrêtée dans le mouvement et a crié d'un air interrogateur « Tony ? » Puis elle termina son mouvement et demanda à nouveau d'une voix anxieuse : « Tony ? »

**Personnages**

La Mère
Sa sœur jumelle Renée

Le père biologique de Tony

Les enfants :

George (agent des impôts)

Tony (photographe)
sa femme Monique (vendeuse)
et sa sœur Anna (libraire)

Philippe (pédagogue social)
sa femme Madelaine
et leur fille Marlene (handicapée)

Flore (luthière)
et son amant Paul (pianiste de concert et marié)

Mireille (peintre)
et son amant de l'étranger Pierre


Juliette (enseignante)
remise à l'adoption après la naissance

7 Marie-Louise (agente immobilière)
Avec sa partenaire

**Les personnages et l'intrigue sont fictifs**.

Les similitudes avec les personnes vivantes et non vivantes sont de nature purement fortuite et ne sont pas intentionnelles.

**D'autres livres français :**

**Peinture, gravure, dessin, sculpture**
1976 -2021

ISBN 978 23 222 19 551


**La valse mélancolique de Nice**
Récits et poèmes

ISBN 978 23 22 411 412


**Nos échanges**
En rupture du stock

L'écrivaine est née en 1948 et refugiée de l'Allemagne de l'est. Elle vit en Allemagne de L'ouest. Elle a publié des livres en allemand et en français et se consacre aussi à la peinture.